내가 쓰는
필사적 민주주의

일러두기

- 이 책에 실린 문장은 한겨레에 게재된 기사, 칼럼 가운데 발췌했다. 한겨레 소속 필자는 기자, 논설위원 등으로 적었고 외부 필자는 칼럼 게재 당시 신문에 실린 직함을 썼다. 저작권자인 외부 필자에게는 모두 동의를 얻었다.
- 인용 문장은 비상계엄이 선포된 2024년 12월3일 이후 날짜 순서대로 싣는다. 다만 2024년 이전의 글이라도 민주주의와 관련한 좋은 문장들을 일부 발췌해 뒤쪽에 추가했다.
- 일부 필사문 아래에는 QR코드를 넣어 한겨레 홈페이지(www.hani.co.kr)에서 전문을 읽을 수 있도록 했다.
- 책 뒤쪽에는 12·3 내란사태 이후 상황을 한눈에 훑어볼 수 있도록, 한겨레 호외와 특별판 등에 실렸던 주요 사진과 2025년 2월19일~3월4일 게재된 '12·3 내란, 진실과 거짓' 연재 기사를 추려 실었다.

/

이 내란이 완전히 끝나는 시점은
바로 이들이 꿈꾸는 '다시 만난 세계',
새로운 민주공화국이 시작되는 시점일 것이다.

– 김명인 –

/

목차

✳ ✳ ✳ ✳

✳ 마음속 문장을 기억하다

✳✳✳✳

✳ 역사의 순간을 기록하다

✳ ✳ ✳ ✳

✹ **부록 / 12·3 내란, 진실과 거짓**

✹ ✹ ✹ ✹

여는 글

필사(筆寫)를 위한 이 책은 필사(必死)적인 마음을 담아 만들었습니다. 여느 필사책과는 조금 다릅니다. 좋은 문장, 좋은 글쓰기만이 아니라 우리 사회가 '필사적으로' 지켜야 할 소중한 가치, 특별한 시선에 무게를 두었습니다.

2024년 12월3일 그날 밤 이후, 100여일의 시간을 차곡차곡 모았습니다. 그 시간 동안 한겨레에 기록한 문장이 책의 밑바탕입니다. 기사는 '역사의 초고'입니다. 책임지지 않는 권력자의 말, 헌법과 민주주의를 부정하는 말들 대신에 우리가 오래도록 기억해야 할 고갱이만 추렸습니다. 금방 사라져버릴 속보 대신에 우리가 필사적으로 지키고자 했던 민주주의와 관련한 글만 따로 발췌했습니다.

따라 쓰기에 좋은 문장들은 크게 세 종류로 나눴습니다. 민주주의에 대한 사유를 확장하기에 적합한 문장들은 1부 '사유의 세계를 다시 만나다'에 묶었습니다. 법학, 사회학, 정치학 등을 아우르는 명쾌한 분석을 따라가다 보면, 나만의 생각이 정리되어 더 단단해질 것입니다. 광장에서 서로에

✸✸✸✸

게 건넨 연대와 따뜻한 위로의 언어는 2부 '마음속 문장을 기억하다'에서 곱씹어보세요. 소설가, 시인, 기자들의 감수성 가득한 문장을 오래도록 간직하시길 바랍니다. 2024년 12월3일 비상계엄 선포 이후 국회 탄핵소추안 가결, 윤석열 구속·석방, 헌법재판소 탄핵심판까지 긴박했던 순간은 3부 '역사적 순간을 기록하다'에 담았습니다. 기억하지 않는 역사는 잊힙니다. 그리고 반복됩니다. 두고두고 기억해야 하는 이유입니다.

책의 뒷부분에는 〈12·3 내란, 진실과 거짓〉 연재 기사를 부록 형식으로 실었습니다. 광장에 나온 형형색색의 응원봉, 남태령을 지킨 '인간 키세스', 단독 촬영한 윤석열 뒷모습 사진, 호외와 특별판으로 발행된 한겨레신문 1면 이미지 등도 추가했습니다. 자신의 글을 써보는 노트도 있어요. 시민과 함께 민주주의를 지키겠다는 절박한 마음을 담아 글을 쓰고, 또 필사책에 싣는 것까지 흔쾌히 허락해주신 필자들께 다시 한 번 감사드립니다.

/ 한겨레 미디어전략실 /

✳✳✳✳✳

사유의 세계를
다시 만나다

비상계엄,
'예외 상태'의 선포

늘대의 발톱을 보았다. 무디고 느려 조롱거리로 전락했지만, 우리의 일상이
겨울 낙엽처럼 하루아침에 바스러져 버릴 뻔했다. 두려웠다. 그것은 공격형
헬기가 밤하늘을 찢어 버리고 신형 장비로 완전무장한 계엄군이 거리를
어슬렁거렸기 때문만은 아니었다. 군홧발에 짓이겨지고 총탄에 쓰러지는
시민들의 주검과 체포 구금되는 반대자들의 행렬이 그려지기 때문만은
아니었다.

비상계엄, 즉 '예외 상태'의 선포는 말의 극단적 폭력성과 모순을 드러낸다.
말 한마디로 모든 법을 폐지할 수 있다니. 법질서를 효력 정지시킴으로써
예외 상태가 된다. 법의 공백 상태를 만드는 것이다. '헌정 질서'를 지킨다는
말로 정당화하는 비상조치가 헌정 질서를 몰락시키는 쪽으로 이끄는 역설적
상황으로 우리를 몰아넣는다. (철학자 조르조 아감벤)

/ 2024년 12월6일 / 김진해 한겨레말글연구소 연구위원·경희대 교수 /

✳✳✳✳

자유의 적에게 줄
자유는 없다

지난 12월3일 밤, 친위 쿠데타에 가까운 비상계엄을 시도했다가 실패한
윤석열 대통령은 재임 중 '자유'라는 말을 유난히 입에 올렸다. 그러나 그가
말하는 자유는 권력의 전횡에 저항하는 시민적 자유나 민주주의와는
거리가 멀었다. (중략) 프랑스 혁명 시기 급진적 자유주의자였던 생쥐스트는
이런 말을 했다고 한다. "자유의 적에게 줄 자유는 없다."

/ 2024년 12월6일 / 조일준 기자 /

✳ ✳ ✳ ✳

Date   /   /

민주주의의 '거대한 뿌리'

외신들은 "한국 사회 민주주의의 취약성과 회복력을 동시에 확인하였다"고 했다. 이것은 쿠데타 소식을 듣고 국회로 달려나가 계엄군을 맨몸으로 막아섰던 시민들, 책상과 의자를 모아 계엄군의 진입을 막았던 보좌관들, 담을 넘은 국회의원들, 신문 발행이 가능할지 알 수 없는 일촉즉발의 상황 속에서도 밤새워 호외를 찍어낸 신문사 직원들, 군인 아들에게 너는 절대로 시민들에게 총구를 돌리지 말라 문자를 보낸 아버지 어머니들, 그리고 '느릿느릿 걸은' 젊은 군인들 덕이다.

  지난 토요일, 단죄의 첫 칼을 피했지만, '그들'은 모른다. 시인 김수영의 노래처럼, 이미 이 땅엔 '나도 감히 상상을 못 하는 거대한 뿌리'가 깊이 뿌리내렸음을, 오랜 세월, 민초들의 피눈물로 키워낸 민주주의의 '거대한 뿌리'가.

/ 2024년 12일9일 / 신영전 한양대 의대 교수 /

✳✳✳✳

언제든 독재로
회귀 가능한 사회

12·3 쿠데타는 1987년 이후 세계에서 가장 모범적인 '민주주의 공고화'
사례로 꼽혔던 한국이 민주화 37년 만에 공고화 이전 단계로 되돌아갔음을
의미한다. 민주주의 공고화란 독재에서 민주정으로 이행한 나라들이
더 이상 독재로 회귀할 위험이 제거되었음을 뜻한다. 그 중요한 지표 중
하나는, 헌정질서에 도전하는 심각한 실질적 시도의 존재 여부다.
12월3일에 바로 그 일이 일어났다.

어떻게 하다 이 지경까지 되었는가? 이와 관련하여 우리의 질문은
"왜 윤석열은 그렇게 했는가?"가 되어선 안 된다. (중략) 진정 중요한
질문은 "어떻게 그것이 가능했는가?"다. 민주주의와 헌법질서의 전복이
정치의 한 수단이 될 수 있다는 사고가 한국 보수 정치에 팽배해 있다는
사실이야말로 '12·3 쿠데타'의 배경이다.

/ 2024년 12월10일 / 신진욱 중앙대 교수 /

Date   /   /

우리의 피를 타고 흐르는
결속의 힘

나의 생체 세포와 뇌 신경망에는 자동으로 1980년 '5월 광주'의 이미지가
현재 상황과 겹쳐서 떠올랐다. 당시 헌신하고 희생한 분들의 '하우'가
역사의 물줄기라는 '타옹가'를 타고 우리에게 전류처럼 흐르는 듯했다.
눈물이 솟았다. 그분들이 피로 아로새겨 물려준 민주주의 덕분에 후세대가
겁먹지 않고, 오도된 국가 폭력 앞에 당당히 맞설 수 있었다. 젊은 세대가
응원봉을 흔들며 부르는 '아파트'와 '다시 만난 세계'가 내 고막을 지날 때
'임을 위한 행진곡'으로 번역되어 들린다. 마르셀 모스가 동의할지는 모르나
'증여'와 '되갚기' 행위는 세대 간에 역사의 흐름을 통해서도 일어나는 것 같다.

/ 2024년 12월12일 / 이병곤 건신대학원대 대안교육학과 교수 /

✹✹✹✹

이 내란은
언제 끝나는가

사실은 이 폐허나 다를 바 없는 이 그라운드 제로에서 자유, 평등, 연대라는
고전적 정신에 기초한 진정한 민주공화국의 역정이 새롭게 시작되어야 한다.
그리고 그 역정은 낡은 주체가 아닌 새로운 주체에 의해 주도되어야 한다.

이 내란이 완전히 끝나는 시점은 바로 이들이 꿈꾸는 '다시 만난 세계',
새로운 민주공화국이 시작되는 시점일 것이다.

/ 2024년 12월25일 / 김명인 문학평론가·인하대 명예교수 /

✹ ✹ ✹ ✹

Date / /

올해의 단어 '민주시민'

미국 링컨 대통령은 1838년 민주주의에 대한 열의가 약해진다고 주장했고 헌법에 담긴 민주주의 이념을 '정치적 종교'로 발전시켜야 한다고 호소했다. 링컨의 호소는 그때만 유효한 걸까. 오늘날에도 민주주의는 시민의 손으로 지키고 만들어내야 한다는 사회적 담론을 각국에서 심화할 필요가 있다. 그런 뜻에서 나는 2024년 '올해의 단어'를 '민주시민'(democratic citizen) 으로 정할 것이다.

/ 2024년 12월26일 / 로버트 파우저 언어학자 /

Date / /

민주주의 뿌리째 흔드는 '음모론'

누구나 동의할 수 있는 객관적 사실은 없으며 저마다의 진실이 있을 뿐이라는 '탈진실' 현상과 소셜미디어 중독으로 인한 '뇌썩음'은 '사실성'을 부정하고 사회적 합의 가능성을 외면해 민주주의를 위태롭게 한다.

/ 2024년 12월30일 / 한귀영 한겨레경제사회연구원 연구위원 /

✷✷✷✷

Date   /   /

법의 주인은 누구인가

권력자가 법치의 숨통을 끊어놨지만,
시민들은 죽어가던 법에 다시 숨결을 불어넣은 것이다.

/ 2025년 1월1일 / 홍성수 숙명여대 법학부 교수 /

✳ ✳ ✳ ✳

Date   /   /

항명이여, 만세

새 세상은 항명에서 온다지. 항명은 '벗어날 수 없음'에 대한 거부. 유일한
질서란 존재하지 않는다는 선언. '한통속'에서 삐져나오는 파열음. 명령을
어기고 치받고 거역하고 대들고 뻗대는 사람들이 새 세상의 맨 앞줄에 선다.
크고 작은 항명이 모여 세상은 전진한다. 반역의 시대, 항명은 민주주의를
낳는다. 무수한 항명을 존경한다. 그리하여, 타는 목마름으로 네 이름을
남몰래 쓴다. '항명이여, 만세.'

/ 2025년 1월10일 / 김진해 한겨레말글연구소 연구위원·경희대 교수 /

✹✹✹✹

Date   /   /

우리에게 필요한 건
'강한' 민주주의

그러므로 힘을 통한 지배가 가능하다고 믿는 이들에게 맞서는 방법은 힘을
한곳으로 모아주고 나머지를 다 조용히 시키는 방식, 즉 양당 중심의
선거로 축소된 대의제에 의존하는 '약한' 민주주의가 아니다. 지금 우리에게
필요한 건 다양한 이들의 목소리가 살아 있는 열린 광장에서 서로의 존재를
확인하고 연결하는 '강한' 민주주의다.

/ 2025년 1월10일 / 권김현영 여성현실연구소장 /

☀ ☀ ☀ ☀

중요한 건, 저항의 '진심'

에리카 체노웨스와 마리아 스테판은 1900년부터 2006년 사이 저항 사례 316건을 수집해 분석했다. 그랬더니 "전체 인구의 3.5% 또는 그 이상이 참여하는 운동은 언제나 근본적인 혁신을 이루어냈다"는 또렷한 흐름이 발견됐다. 최소 과반의 세력이 참여해야만 저항이 성공한다는 세간의 오해와 달리, 3.5%의 저항만으로도 진보를 가로막는 육중한 돌덩이를 치울 수 있다는 것이다. 이 연구는 폭력과 저항의 상관관계에 대한 결론도 도출했다. "평화적인 시위는 폭력을 동원한 시위에 비해 성공률이 두배를 훌쩍 뛰어넘었다."

저항 서사와 저항 전술을 소개하면서 지은이는 꾸준히 강조한다. 저항의 '전략'보다 중요한 건 저항의 '진심'이라고. "다른 사람들과 함께 잘못된 상황을 바꿀 수 있다는 공유된 믿음이 언제나 저항의 결정적 성공 요인이다."

/ 2025년 1월10일 / 최윤아 기자 /

Date   /   /

문제는 윤석열이 아니다

평생 언어를 다루는 문학 선생을 했지만, 요즘처럼 언어에 절망한 적은
없다. 도대체 어떤 말로도 이 불가사의한 인간을 포착할 수 없기 때문이다.
윤석열을 보며 언어의 한계를 절감한다. 이리도 비겁하고 비열하고 비루한
인간을 본 적이 없기 때문이다.

문제는 윤석열 개인이 아니다. 윤석열은 한국 사회에서의 예외적
현상이라기보다는 오히려 보편적 현상에 가깝다. 특히 한국 사회의 지배
엘리트는 대다수가 '또 다른 윤석열'이다. 윤석열 사태의 전개 과정에서
그들이 보인 행태를 보라. 법치주의를 뒤흔드는 법 기술자들, 민주주의를
조롱하는 정치인들, 곡학아세를 일삼는 어용학자들 - 이들의 언행은
정상적인 민주국가에서는 도저히 용인할 수 없는 수준의 것이다.
이처럼 미성숙한 지배 엘리트들의 존재가 한국 민주주의의 가장 큰
위험 요인이다.

/ 2025년 1월 22일 / 김누리 중앙대 교수 /

✹✹✹✹

Date / /

'전투적 민주주의'가
필요한 때

사이비 민주주의자는 법을 정치적 무기로 활용해 반민주적 극단주의를
옹호한다. "헌법과 법률이 아무리 잘 설계되었다고 해도 애매모호한
부분과 잠재적인 허점이 존재하고 다양한 해석이 열려 있으며 여러 가지
방식으로 (그리고 다양한 강도로) 집행"되게 마련이다.
바로 이 애매모호함이라는 틈새를 벌려 민주주의의 댐을 무너트리려 한다.

/ 2025년 1월24일 / 이권우 도서평론가 /

✹ ✹ ✹ ✹

Date   /   /

죽은 자가 산 자를 살리는
'양심의 구성'

나는 이번 비상계엄과 그 이후 광장 민주주의 운동에서 '과거가 현재를
도울 수 있고, 죽은 자가 산 자를 구할 수 있음'을 재확인한다.
또 '폭력적이고 고통스러운 세상'조차 '사람들이 아름답게 만들 수' 있음도
절감한다.

　　과거가 현재를 돕고 죽은 자가 산 자를 구하다니, 형식논리만 보면
이해되지 않는다. 하지만 현재의 산 자들이 과거를 '성찰'하고 죽은 자를
'기억'하는 한, 바로 이 기억과 성찰을 통해 폭력적이고 고통스러운
세상조차 아름답게 바꾼다.

/ 2025년 2월7일 / 강수돌 고려대 융합경영학부 명예교수 /

✹ ✹ ✹ ✹

왜 광장에 나오셨나요

한국 현대사의 모든 중요 장면에 젊은 여성들은 항상 있었음에도 여성은
언제나 새롭게 발견된 것처럼 취급된다. 그 결과 광장의 여성들은
재발견되었고, 다시 잊혔으며, 이 일은 반복되었다. 왜일까. 젊은 여성들이
광장에 나온 것은 그 자체로 의미부여가 종결되었기 때문이다. 왜 젊은
남성들은 극우화되었는가는 주요 분석 대상이 되지만, 왜 젊은 여성들이
광장에 그렇게나 많이 나갔는지는 현상만이 묘사될 뿐 질문거리가 되지
않았다. 이렇게 되면 성별 간의 차이만 부감 숏으로 떠오르고 갈등만이
악순환된다. 두 개의 성별에 속하지 않는 존재들이 더욱더 비가시화하는
것은 물론이다. 참여자들이 누구인지를 계속 물으면서 이들이 광장에 나온
이유와 배경, 그리고 이들이 광장에서 무엇을 경험했는지를 질문하고
이에 대한 기록이 이어져야 그것은 비로소 잊히지 않는 역사가 될 수 있다.

/ 2025년 2월7일 / 권김현영 여성현실연구소장 /

✳✳✳✳

Date   /   /

내란을 내란이라
부르지 못하는…

무슨 대학의 무슨 학과를 나와서, 무슨 고시에, 무슨 시험에 합격하고,
검사, 판사, 장관, 차관과 국회의원과 시장과 지사를 지냈거나 지금
그 자리의 명함을 갖고 있는 사람들 중 어떤 자들은 내란을 내란이라
부르지 못하고, 폭동을 폭동이라 하지 않는다. 국민이 빈곤해지건 나라가
망하건 그들의 관심은 오직 자기 권력의 유지에 있을 뿐이다. 21세기
대한민국의 벌열이 아닌가?

/ 2025년 2월8일 / 강명관 인문학 연구자 /

❋❋❋❋

Date   /   /

윤석열이 연 파시즘의 문,
어떻게 할 것인가?

이 상황은 우리에게 매우 낯설다. 왜냐하면 오랫동안 한국 사회의 집단적 경험과 기억은 독재국가에 시민이 맞서는 구도에 익숙했기 때문이다. 그와 달리, 지금과 같은 사회 내의 집단적 증오와 폭력은 두렵고 혼란스러운 것이다. 우리가 국가의 폭력과 싸울 때는 사회의 보호와 지지로 힘을 얻는다. 하지만 국가폭력과 사회의 폭력이 연결되었을 때, 우리는 누구와 싸워야 할지 알 수 없을 뿐 아니라 '사회'라는 것 자체가 와해함을 느낀다.

　이런 현실을 민주화 이후 거의 40년이 지난 오늘날 맞게 된 것은 우연이 아니다. 파시즘은 민주주의와 대중정치의 정립이라는 역사적 조건 위에서 생기는 것이기 때문이다. 모든 독재와 국가폭력을 파시즘이라고 부르지 않는다. 대중의 자발성, 증오와 열정의 결집이 추가되어야 파시즘의 특질이 생긴다. 그래서 군부독재 때는 관변단체는 있지만 폭민의 광란은 없다. 파시즘은 국민이 나라의 주인이며 역사의 창조자라는 의식 위에 탄생하는 폭력이다. 그것은 민주주의를 먹으며 민주주의를 공격한다.

/ 2025년 2월12일 / 신진욱 중앙대 교수 /

✳ ✳ ✳ ✳

Date   /   /

아무 일도 일어나지 않았다는
'개소리'

미국 철학자 해리 프랭크퍼트는 자신의 저서 '개소리에 대하여'
(On Bullshit)에서 '거짓말'과 '개소리'의 차이를 진실에 대한 태도에서
찾고 있다. 거짓말쟁이는 적어도 진실이 무엇인지는 알고 있다. 진실을
효과적으로 감추기 위한 최소한의 '성의'도 있다. 반면 개소리쟁이는 자신의
말이 진짜든 가짜든 상관하지 않는다. 그저 자기의 목적에 맞게 소재를
선택하거나 가공할 뿐이다. 사실 여부에 전혀 신경 쓰지 않는다는 점에서
진실의 가장 큰 적은 '거짓말'이 아닌 '개소리'다.

/ 2025년 2월14일 / 최혜정 논설위원 /

✳✳✳✳

기록하고, 지우고,
다시 쓰고…쓰는 자의 힘

역사는 결국 쓰는 사람들을 통해 만들어진다는 사실이 이 책이 오늘의
한국에 던지는 차가운 메시지인지 모른다. 탈진실은 '다른 진실'이 아니라
거짓이다. 내란을 일으킨 대통령이 '약자'가 되고 계엄령이 '계몽령'으로
둔갑하는 사태는 미래에 어떤 역사로 새겨질까.

/ 2025년 2월14일 / 이문영 기자 /

✹✹✹✹✹

Date   /   /

기억하지 못하면
계엄은 성공이다

미국 과학사가 리 매킨타이어의 '누가 진실을 전복하려 하는가'(두리반)는
트럼프의 선동이 어떻게 비과학적 사실을 믿는 사람들(대표적으로 큐어논)
과 결합해 갔는가를 분석한다. 트럼프 진영은 전략적으로 진실을 왜곡해가
며(진실도살자) #스톱더스틸 캠페인 등을 통해 "단순히 거짓말만 하지 말고
양극화하라"는 의도를 실현해 나갔다고 말한다. 지난해 11월 출간된 책에서
해제자(정준희 한양대 교수)는 한국의 상황과 떨어져서 볼 필요가 있다는
점을 강조했다. 한국에서는 '과학적 음모론'이 아니라 '역사 부정론'이
지배하고, 이들이 '특정 정당에 소속감을 갖고 있지 않'아서다. 불과
석 달 사이에 계엄이 이렇게 한국 사회를 바꿔놓았다. 기억하지 못하면
계엄은 성공이다.

/ 2025년 2월20일 / 구둘래 기자 /

✳ ✳ ✳ ✳

Date   /   /

우리 시대 리더는
어떠해야 하는가

두려움 없는 용기는 용기라기보다 만용에 가깝다. 스스로 영웅이 되고자
하는 자는 세상을 지옥불 속으로 끌고 들어간다. 말만 할 줄 알고 듣지
못하는 궤변론자는 세상의 균형을 깨뜨린다. 지나온 인류의 역사가
그 증인이다. 우리 시대 리더는 어떠해야 하는가.

/ 2025년 2월21일 / 송수연 아동청소년문학평론가 /

Date / /

"시대가 쇠퇴할 때 모든 경향은 주관적이다"

괴테는 생애 말년의 대화에서 "시대가 쇠퇴할 때의 모든 경향은 주관적이다. 그러나 이와 달리 모든 일이 새로운 시대를 위해 성숙해갈 때는 모든 경향이 객관적이다"라고 말했다.(에드워드 카의 '역사란 무엇인가'에서 인용) 각자의 주장만 내뱉고 마는 시대와 상식적인 공론화가 이루어지는 시대의 차이에서 흥망으로 갈린다. 나라를 위기에 빠트린 망상적 대통령을 탄핵하는 일에서조차 이성과 상식을 배반하면서 정파의 수구적 사고에 매몰돼 궤변을 반복하거나 광신도들의 얄팍한 사탕발림에 기회주의적으로 편승하는 정치인들을 응징하지 못한다면 장차 이 나라는 어찌 될 것인가.

/ 2025년 3월 7일 / 안병욱 전 진실·화해를 위한 과거사정리위원장 /

☀ ☀ ☀ ☀

Date   /   /

검찰은 윤석열이다,
둘은 '민주공화국의 적'이다

프랑스에서는 우리나라의 지방검찰청장에 해당하는 직책을 '공화국의 검사'(Le procureur de la République)라고 부릅니다. 구체제에서 '왕의 대리인'으로 불렸던 직책에서 검찰이 유래했는데, 대혁명을 거치며 주권자 국민을 대리하는 역할로 바뀐 것을 상징합니다. 그러나 우리나라 검찰은 민주주의의 역사를 역행해 한 개인의 검찰이 돼버렸습니다. '윤석열의 검찰'입니다. 아예 윤석열이 검찰 그 자체가 됐습니다.

　국민이 부여한 권한을 국민을 위해 쓰지 않고 개인을 위해 쓰는 권력자는 더 이상 민주공화국의 공직자라고 할 수 없습니다. 민주공화국의 적입니다.

/ 2025년 3월12일 / 박용현 논설위원 /

✳✳✳✳✳

Date   /   /

민주주의는
겸손을 먹고 산다

권력을 쥔 사람들이 악한 게 아니다. 인간인 이상 권력을 쓰는 사람 자체가
완벽할 수 없다는 점이 중요하다. 완벽하지 않아서 생기는 문제를 권력
스스로 단죄할 수 있을까? 어림도 없는 이야기다. 자신들은 '선한 권력'이기
때문에 더 큰 일을 하기 위해 '자기 보호'가 필요하며, 따라서 권력을
어느 정도 오·남용하는 건 불가피하다는 생각을 하기 마련이다.

/ 2020년 8월31일 / 강준만 전북대 신문방송학과 교수 /

✸ ✸ ✸ ✸

집단의 폭주

집단의 구성원 다수가 어느 한쪽으로 생각과 감정이 기울어질 때,
이와 반대되는 개인의 소신을 지켜내는 일은 보통 용기가 필요한 것이 아니다.
민주주의는 국민 다수가 선택하는 길을 간다. 그러나 다수가 찬성한다고
반드시 옳은 길은 아니다. 소수의 권리와 인권이 보호받고 존중되는
사회에서 비로소 성숙한 민주주의가 실현된다.

/ 2021년 10월21일 / 강우일 베드로 주교 /

✳ ✳ ✳ ✳

Date   /   /

거짓말이었다

정치는 말에 대한 신뢰에서 시작한다. 정치인의 말을 듣고 이를 신뢰하게 된
시민이 정치적 의사를 정치인에게 맡기고 자신은 일상에 집중하는 체제를
우리는 대의민주주의라고 부른다. 그런데 이 신뢰가 붕괴하면 어떻게 될까.
일상에 집중했던 시민들이 일상을 버리고 광장에 나와 직접 정치를
하겠다고 선언하는 일이 벌어진다. 그때가 되면 시민들이 직접 행하는
첫 번째 정치는 거짓말하는 최고권력자의 퇴출이 될 것이다.

/ 2024년 11월1일 / 이재훈 기자 /

✹✹✹✹

Date / /

다시 한번
'민주주의의 승리'를 기약할 순간

민주주의의 길엔 수많은 난관과 장애물이 놓여 있다. 민주주의 연구의
세계적 권위자 로버트 달은 "민주주의 역사는 성공의 역사만큼이나 실패의
역사"라고 했다. "기존 한계를 초월하는 데 실패한 역사이며, 일시적 돌파에
뒤이은 참담한 패배의 역사"라는 것이다(로버트 달 '민주주의와 그 비판자들').

/ 2024년 11월29일 / 안병욱 전 진실·화해를 위한 과거사정리위원장 /

✳✳✳✳✳

Date   /   /

나의 글쓰기

/

계엄이 선포된 2024년 12월3일 밤,
나는 무엇을 했나?

/

/   /

✳✳✳✳✳

나의 글쓰기

/

자유롭게 말할 수 있는 세상에서
내가 진정으로 하고 싶은 말은?

/

/   /

✳✳✳✳✳

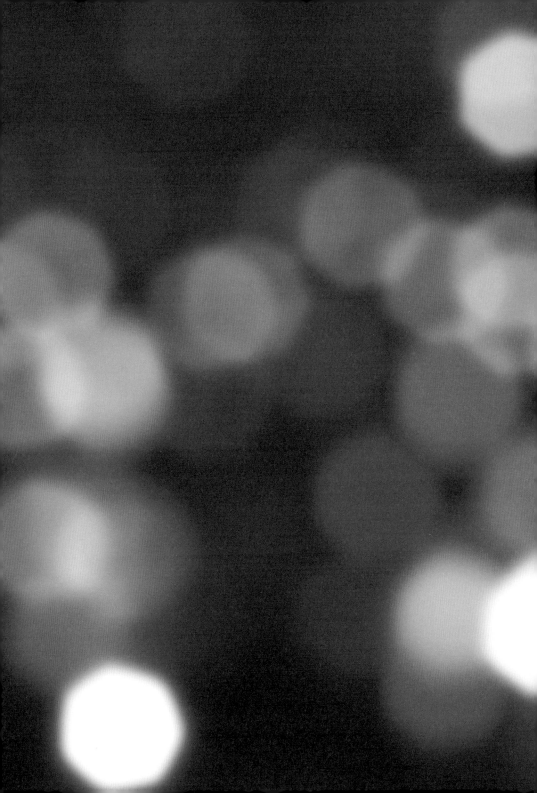

마음속 문장을
기억하다

세계는 어떻게
이렇게 아름다운가?

'소년이 온다'를 읽고 고통을 고백해온 독자들이 던져준 "어떤 고통은 사랑의
증거인 것일까"란 질문이 "세계는 왜 이토록 폭력적이고 고통스러운가?
동시에 세계는 어떻게 이렇게 아름다운가?"라는 질문으로 연결된 결과물이다.

/ 2024년 12월9일 / 임인택 기자 /

Date   /   /

새봄의 민주주의는
그대처럼 밝고 생기 있길

우리가 그 밤에 80년 광주의 그 잔혹한 군인들을 다시 맞닥뜨리지 않은 건,
한강 작가의 말대로 광주라는 보편적인 공간에 찾아온 '소년' 덕분일 것이다.

/ 2024년 12월11일 / 이봉현 한겨레경제사회연구원 원장 /

Date   /   /

무슨 일이 있어도
인간으로 남는다는 것

한강 작가는 노벨문학상 수상 기념 연설에서 이렇게 물었다. "무슨 일이 있어도 인간으로 남는다는 것은 얼마나 어려운 일일까요?"

시작은 대통령이 쏘아 올린 시대착오적 비상계엄 선포였지만 이 사태와 역사책의 마주 보는 한장이 된 한강의 노벨문학상 수상 소감을 곱씹으며 한해를 마무리한다. 무슨 일이 있어도 인간으로 남는다는 것은 얼마나 어려운 일일까. 나는 무슨 일이 있어도 인간으로 남을 수 있을까. 우리는 무슨 일이 있어도 인간으로 남기 위해 남은 인생을 어떻게 살아야 할까.

/ 2024년 12월12일 / 김은형 기자 /

✳ ✳ ✳ ✳

Date   /   /

우리가 응원봉을
흔드는 이유

집회는 떨리고, 두렵다. 춥고, 배고프고, 다리도 아프다. 신념만으로
오래 견디기는 어렵다. 응원봉은 '나'를 아주 친밀하고 익숙한 '우리' 안에서
발견할 수 있게 해줬다.

젊은 여성 아이돌 팬들은 응원봉을 들고 서로를 알아보며 국회 앞을
점거하고 광장을 바꾸고 있다. 광장에서 겪은 불안과 배신감을 끌어안은 채
노래하고 춤추며, 여성을 배제해 온 광장을 다시 오고 싶은 즐거운 곳으로
만들고 있다. 두렵고 불편한 이곳을 직접 바꾸겠다는 마음으로. 응원봉은
그런 결의의 표현이다. 이것은 광장 내부의 혁명이다.

/ 2024년 12월12일 / 안희제 작가 /

✳ ✳ ✳ ✳

Date / /

87년 체제의 파국···
응원봉이 내는 길

넥타이 맨 중산층 남성 시민이 군부와 타협해 만든 1987년의 정치 질서는
이미 오래전부터 크게 삐걱거렸다. 이제 윤석열의 비상계엄으로 파국을
맞았다. 그 질서 아래서 들리지 않던 목소리들이 스스로 외치기 시작했다.
펄럭이던 태극기 대신 반짝이는 아이돌 응원봉이 말하는 바는 이런 것이다.
우리에겐 돌아갈 정상 상태가 없다. 이제 새로 길을 내며 나아가자.

/ 2024년 12월18일 / 조형근 사회학자 /

✹✹✹✹

Date   /   /

거리에 피어난,
여기 꺾을 수 없는 꽃들이 있다

촛불을 든다는 것은 사람을 이어서 횃불을 만들자는 것이다. 주황색 불빛 하나를 만드는 일이다. 이번에는 응원봉으로 제각각이었다. 제 빛깔과 제 모양으로 제각각 흔들렸다. 세상에서 가장 소중한 빛을 가지고 나와 가장 소중한 것을 지킨단다. 바람이 낮게 와서 사방 천지에 피어 흔들리는 들판의 봄꽃 같았다. 팔자는 사납지만, 눈물나게 아름답다. 네루다는 "꽃을 모두 꺾을 수는 있을지언정 봄이 오는 것을 막을 수는 없다"고 했다. 그는 몰랐나 보다. 세상에는 도무지 꺾을 수 없는 꽃들이 있다는 것을.
그 꽃들이 여기에 온다는 것을.

하지만 계엄은 민주주의에도 불구하고 오는 것이 아니다. 탄탄하게 다져 올린 담벼락의 미세한 틈 하나에서 밀고 올라와 독기를 세우는 덩굴옻나무처럼, 계엄은 민주주의 안으로 갈라진 금 사이에서 나온다.

/ 2024년 12월19일 / 이상헌 국제노동기구(ILO) 고용정책국장 /

☀ ☀ ☀ ☀

Date   /   /

분노의 큐시트

어둠이 내릴 때쯤 형형색색의 응원봉들이 땅 위의 별자리처럼 빛나기
시작했다. 제임스웹 우주망원경이 찍은 우주의 모습과 닮은 장관이었다.
깃발의 구호도, 선곡 패턴도, 응원봉 종류도, 모두 제각각이었다.
민주주의를 지지한다는 신념 외에 정해진 건 아무것도 없었다. 그 순간 나는
깨달았다. 민주주의라는 이념을 만든 곳은 우리나라가 아니지만, 민주주의가
무엇인지를 가장 시적으로 보여주는 광경이 서울 여의도 한복판에 펼쳐졌다고.

/ 2024년 12월21일 / 이재익 에스비에스(SBS) 피디 /

✳✳✳✳

우리를 보며 깨달은 것

타인의 결핍과 빈자리를 함께 나누고 채우는 이들을 보며 깨달았다.
공화국 시민으로서 가장 필요한 일은, 내가 하지 않은 일에 대한 감각이라는
것을. 우리는 우리가 한 일로도 연결될 뿐 아니라 우리가 하지 않은 일로도
수없이 연결된다. 윤석열은 우리를 소멸시키려 함으로써 우리를 부활시켰다.
자신 안에 이런 거대한 힘이 있다는 것을 결코 알지 못했던 우리에게 우리의
힘을 깨닫게 했다.

광장으로 향하는 시민들의 발걸음과 함성은, 아스팔트 밑에 잠들어 있던
거인을 깨웠다. 동화 속 거인은 램프 속으로 돌아갔지만 한번 각성된
거인은 돌아갈 곳이 없다. 윤석열이 용산에만 있지 않듯이 거인은 우리의
삶 속에 있기 때문이다. 광장의 환호 속에 묻혀 우리가 놓쳤던 목소리,
그 고통의 함성이 마침내 우리를 흔들어 깨울 때 깨닫게 될 것이다. 우리가
전에는 들으려 하지 않았던 목소리가 실은 그 거인의 정체였다는 것을.

/ 2024년 12월26일 / 양창모 강원도의 왕진의사 /

✸ ✸ ✸ ✸

Date   /   /

거짓말과 가면은
'가다오 나가다오'

"글씨가 가다가다 몹시 떨린 한자가 있는데/ 그것은 물론 현 정부가 그만큼
악독하고 반동적이고/ 가면을 쓰고 있기 때문이다"(김수영, '중용에 대하여').
최악의 권력은 반성하지 않고 거짓말로 자신의 악을 정당화하는 권력이다.
책임지지 않고 가면으로 자신의 반동을 포장하는 권력이다. 그 밤의 권력자
들에게 반성과 책임을 묻기 위해 절망과 분노로 잠 못 들며, 하던 일을
제쳐놓고 밤낮으로, 이 엄동설한에 '금 간 얼굴로' 거리에 나서고 있는 것이다.
　　그러니 "이유는 없다−나가다오 너희들 다 나가다오"(김수영, '가다오 나가다오')
라고 외치게 되는 것이다. 입에 발린 사과는 사양한다.

/ 2024년 12월30일 / 정끝별 시인·이화여대 교수 /

✸ ✸ ✸ ✸

Date   /   /

비통해도,
주먹밥을 쥔다

사십여년 전 주먹밥 짓는 마음 모여 네 글자를 세웠다. '민주주의'.
누군가를 먹이고 싶은 마음, 그게 누가 됐든 배곯지 말고 함께 살고 싶은
마음이 넘실거릴 때 비로소 민주주의는 작동한다.

　양동시장 주먹밥이, 전태일의 풀빵이 생각났다. 분절된 사회 속,
각자도생으로 사는 줄 알았건만 이렇게 거리로 쏟아져 나오면 서로가 서로를
먹이고 있다는 사실을 새삼 깨닫게 된다. 이 공동의 경험이 만들어낼
세상은 여전히 우여곡절을 겪겠지만, 그럼에도 몇걸음 더 걷게 될 것이다.
얼굴 한번 마주한 적 없는 이들이 서로를 먹이고 싶어 안달이 났다.
그 마음에 이름을 붙여보자면 연대다. 여전히 비통한 이 세상에서, 연대로
작동할 세계를 꿈꾸며 주먹밥을 쥔다.

/ 2025년 1월2일 / 이종건 옥바라지선교센터 활동가 /

✹ ✹ ◆ ✹

Date   /   /

카뮈의 태양,
부조리에 맞서 뜨고 지는

뜨거운 태양을 피할 수 없듯이 우리는 이 세계의 부조리를 외면하거나
초월할 수 없다. 하지만 카뮈의 말처럼 그것을 마주하며 세계와 자신을
온전히 수용하는 법을 배우고, 자기만의 창조적 방식으로 반항할 수는 있다.

/ 2025년 1월3일 / 신유진 작가·번역가 /

✳ ✳ ✳ ✳ ✳

경외심에 가득 찬,
반짝이는 순간

멀리 갈 것도 없다. 대통령의 내란 사태 이후 분노와 혼란 속에서도
우리는 경외심을 불러일으키는 놀라운 장면들을 잇달아 목격하고 있지
않은가. 한밤에 국회로 뛰어가 계엄을 막아낸 시민들, 이제 '탄핵봉'이 된
응원봉을 흔들며 광장을 빛의 바다로 만든 청년 여성들, 1980년 광주의
주먹밥처럼 2024년에 쏟아진 선결제 나눔의 물결, 동짓날 밤 남태령에서
매서운 추위를 함께 견뎌내며 끝내 차벽을 뚫고 나아간 농민들과 시민들,
광장 안에서 타올라 소외된 사람들에게로 흘러넘치는 연대의 물결. "세계는
왜 이토록 폭력적이고 고통스러운가? 동시에 세계는 어떻게 이렇게
아름다운가?" 하고 물었던 한강 작가의 질문이 실시간 목격자의 감탄이
되어 터져 나오는 시간을 살고 있다.

/ 2025년 1월3일 / 김희경 전 여성가족부 차관 /

✳✳✳✳

이 '괴담'을 뚫고
우리는 더 나은 사람이 되어

괴담이 현실에 계속 침투해 오는 이 세계에서 우리에게도 이를 빠져나갈
매뉴얼이 있으면 좋겠다 싶다. 이 매뉴얼은 솔음의 발견만큼 고통스럽고,
또한 간결한지도 모른다. 살을 에는 추위 속에서 모두가 서로 어깨를
맞대고 같이 외치며 동지가 되는 경험을 했던 이들은 그렇게 믿으리라.
이 괴로움에서 나오면 우리는 더 나은 사람이 될 것이다.

/ 2025년 1월 3일 / 박현주 작가·번역가 /

✸✸✸✸

Date   /   /

민주공화국의 적들은
반성하지 않는다

시인 김수영의 말대로 "곰팡이 곰팡을 반성하지 않는 것처럼,
졸렬과 수치가 그들 자신을 반성하지 않는 것처럼" 민주공화국의 적들은
반성하지 않는다. 공화국이 더 썩지 않으려면 곰팡이를 도려내는 수밖에 없다.

/ 2025년 1월8일 / 고명섭 언론인 /

✸ ✸ ✸ ✸

자, 분해의 시간이다

우리 모두는 한국 사회에 쌓인 부패에 연루되어 있다. 이제는 분해자로서의
본분으로 돌아간다. 무수한 이름을 가진 우리는 세계를 다시 만나기 위해
오래전에 썩어버린 것들을 한 점도 남김없이 먹어치울 것이다. 나와
내 주변에 스며든 죽음들로부터 출발해서 망가진 세상을 분해하고 다시
조립할 것이다. 광장 안으로부터 울려 퍼지는 결의에 찬 절규는
그 죽음들에 대한 애도일 것이다. 죽은 것이 썩어 사라지고 새 생명이
태어나고 있다. 자, 분해의 시간이다.

/ 2025년 1월10일 / 안희제 문화연구자·작가 /

Date   /   /

왓츠 인 마이 시위백

어디에 살든 '우리'는 이토록 통절하게 연결돼 있다. '우리'는 어디까지이며
누구까지일까. 오랜 세월 공들여 살뜰하게 가꾸어놓은 꽃밭을 한순간에
짓이겨 버리려는 군홧발에 대한 분노, 모멸감, 상처, 저항의 결기.
대통령의 계엄 선포에 이런 마음이 느껴졌다면 너와 나는 '우리'일 것이다.

이 광활한 우주에서, 송연하고 지리멸렬한 세상에서 나를 견디게 하는 건
찬 바람 부는 광장에서 핫팩과 초콜릿을 건네준 당신이라는 감각을
체화하고 있다. 이 감각은 향후 삼십년 우리 공동체를 유지하는 굳건한
감수성이 될 것이다. 형형색색 반짝이는 유전자로 전승될 것이다.
그 후로도 오랫동안.

/ 2025년 1월15일 / 김현아 작가·로드스꼴라 대표교사 /

Date   /   /

이처럼 사소한 것들

계엄, 내란, 민주주의같이 큰 말들이 우리를 사로잡는 시절이다. 마땅한 일이다. 몰아치는 극우 반동 앞에서 인간이란 무엇인가, 회의하게도 된다. 큰길과 광장에서 싸우다 마음이 헛헛해질 때 잠시 이처럼 사소한 것들을 기억할 수 있으면 좋겠다. 내디딜 나의 한 걸음은 무얼까, 생각하며.

/ 2025년 1월22일 / 조형근 사회학자 /

✴ ✴ ✴ ✴

Date / /

부끄러움을 가르치는
학원이 필요하다

많은 이들이 자주 비겁해지고 비루한 욕망을 품으며 때로는 비열한
공격성을 품기도 한다. 하지만 부끄러움을 알기 때문에 그 마음을
행동으로 실현하지는 않는다.

작고한 작가 박완서는 1974년에 발표한 단편 '부끄러움을 가르칩니다'에서
마지막에 이렇게 썼다. 반세기가 지난 글이지만 많은 이들이 지금 이런
마음이지 않을까.
　"나는 각종 학원의 아크릴 간판의 밀림 사이에 '부끄러움을 가르칩니다'
'부끄러움을 가르칩니다'라는 깃발을 펄러덩펄러덩 훨훨 휘날리고 싶다.
아니, 굳이 깃발이 아니라도 좋다. 조그만 손수건이라도 팔랑팔랑 날려야
할 것 같다. '부끄러움을 가르칩니다' '부끄러움을 가르칩니다'라고. 아아,
꼭 그래야 할 것 같다. 모처럼 돌아온 내 부끄러움이 나만의 것이어서는
안 될 것 같다."

/ 2025년 1월23일 / 김은형 기자 /

✺✺✺✺

뉴스를 보고 싶지 않은
'나'에게

다음날 아침, 일어나 창밖을 보니 눈이 내렸다. 아뿔싸, 사회관계망서비스를
급히 열어보니 내가 집회장을 떠난 뒤로도 윤석열 체포를 요구하며
한남대로를 지킨 '인간 키세스'들의 모습이 있다. 아, 우리는 얼마나
잔인한 세상에 살고 있는가. 또한 우리는 얼마나 아름다운 사람들과 살고
있는가. 눈물이 날 것만 같았다. 이러지도 저러지도 못한 채 보름이 지났고
결국 태극기부대의 법원 난입 사건이 발생했다. 한동안 외면했던 뉴스를
어쩔 수 없이 보다 이런 의문이 들었다. 혹시 나의 침묵이 말이 된 것은
아닐까. 그렇게 법원의 담장을 넘어가라는 지시가 된 것은 아닐까.
나의 방관이 망치가 된 것은 아닐까. 법원 유리창을 깨부수는 도구가
된 것은 아닐까.

/ 2025년 2월6일 / 양창모 강원도의 왕진의사 /

✸✸✸✸✸

Date   /   /

달집과 계엄령

2024년 12월3일 군대를 앞세운 내란 세력의 친위 쿠데타는 어떻게 실패한 것일까. 여러 이유가 제시되지만, 거듭 강조할 것은 그 밤에 국회로 달려간 시민들이다. 카뮈는 '계엄령'에서 등장인물 디에고의 목소리로, 권력자와 맞서는 시민의 힘을 이렇게 설명했다.

"인간에게는, 나를 똑똑히 봐, 너희가 아무리 해도 때려 부술 수 없는 힘이, 두려움과 용기가 한데 섞인, 무지하면서도 영원히 승리하는, 해맑은 광기가 있기 때문이야. 바로 그 힘이 이제 막 솟아오르려 하고 있어."

대통령 탄핵심판도 내란죄 재판도, 비유컨대 공화국의 달집을 더욱 튼튼하게 세우는 과정이다. 변명이나 책임 회피나 거짓말에 일희일비하지 말고, 불쏘시개로 차곡차곡 모아두자. 강가에서 달집을 태울 저녁과 새로 심을 씨앗을 고를 밤이 곧 올 것이다.

/ 2025년 2월19일 / 김탁환 소설가 /

✸✸✸✸

거리낌 없이
사랑할 수 있는 힘

"저를 대표하는 상징은 85호 크레인입니다. 이긴 투쟁이어서만이 아니라
함께 싸운 투쟁이어서 가능하다고 생각해요. 여러분 마음속에 하나씩은
다 영광스러운 기억이 있을 거라 생각합니다. 남태령 동지는 남태령의
이름으로 (…) 그 기억으로 저는 또 살아갈 수 있다고 생각하는데요.(중략)"

이 말 안에 고독과 연대, 슬픔과 사랑, 고통과 영광이 다 있다. 현재
힘 있는 사람들의 고유 업무는 책임 떠넘기기, 거리낌 없는 이득 추구다.
세상을 '폐허'로 만드는 힘이다. 그러나 이 말에서 나는 다른 힘을 본다.
거리낌 없이 사랑할 수 있는 힘. 우리의 슬픔과 고통은 힘 있는 자들은 결코
누리지 못할 영광과 사랑에 둘러싸여 있다. '티파사에 돌아오다'가 수록된
카뮈의 책 '여름'은 이 시구로 시작된다. "하지만 너는 맑게 갠 날을 위해
태어났구나."(횔덜린)

/ 2025년 2월21일 / 정혜윤 시비에스(CBS) 피디 /

✸ ✸ ✸ ✸

호수 위에 떠 있는
달그림자

영화 이론에서 던져진 그림자(Cast Shadow)는 빛이 어느 물체에 가려서
다른 물체 위에 던져지는 그늘이다. 풍성한 나뭇가지들이 땅바닥에 만든
그늘은 던져진 그림자이다.(중략) 검은 그림자가 아니어도 호수 위에 비친
달빛도 달그림자라고 부른다. 그림자는 애초에 검은 그늘만을 말하는 것이
아니라 어떤 사물의 모습이 반영된, 혹은 그려진 상을 뜻하는 말이다.
세종께서는 월인천강지곡(月印千江之曲)을 지어서 백성에게 부처님의 법이
골고루 공평하게 닿기를 기원했다. 달빛은 하나여도 그 그림자는 천개의
강에 공평하게 새겨지는 이치로 만든 아름다운 은유이다. 이 아름다운
비유가 내란은 허상이고 실체가 없다는 걸 주장하는 데 사용됐다. 하지만
국회로 진입하는 군인들의 모습이 생중계된 티브이(TV) 화면은 달그림자가
아니다. 중계되고, 보관되고, 유튜브로 수백만번 재생되는 이 전자신호
화면은 덧없는 허상이 아니고 영원히 보존되고 증거될, 생생한 현실이다.
정작 달그림자라 할 수 있는 것은 이 현실을 부정하는 수많은 거짓말이다.
내란의 현실을 '호수 위에 떠 있는 달그림자'라고 하는 말이 바로 호수 위의
달그림자 같은 허언이다. 그럼에도 헌정질서를 유린하고 시민의 일상을
일거에 위협한 내란을 지칭하기에 이 은유는 너무 과분하다. 은유에도
윤리가 있다.

/ 2025년 2월28일 / 육상효 영화감독 /

✸ ✸ ✸ ✸

나는 싸울 것이다

12월3일 이후, 가끔 이런 상상을 해볼 때가 있다. 만약 저들의 뜻대로 내란이 완성되었다면, 그날 헬기가 제때 도착하고 누군가의 총에서 공포탄이라도 발포되었다면, 그랬다면 과연 어떻게 되었을까? 수많은 사람이 다치고 수많은 사람이 불법구금되었겠지. 또 몇 명은 그들을 피해 몸을 숨겼을 텐데, 내 상상이 가닿는 곳은 바로 거기다. 평소 알고 지내던 작가가 내가 사는 광주광역시로 도망쳐 온다면, 이곳에 와서 나에게 숨겨 줄 곳을 부탁한다면? 거기까지는 아무 문제 없다. 나는 기꺼이 그들을 숨겨 주었을 것이다. 한데 늘 그다음이 문제다. 내가 그들의 은신을 도운 혐의로 붙잡혀 간다면? (중략) 이런 상상은 나를 좀 수치스럽게 만드는데(그게 바로 내란의 힘이다), 그 기원엔 바로 이 책 '나는 다시는 세상을 보지 못할 것이다'가 있다. 튀르키예의 작가 아흐메트 알탄은 2016년 '반역 음모 가담' 이라는 어마어마한 죄목으로 가석방 없는 종신형을 선고받았다. 예전, 그가 신문에 쓴 칼럼을 문제 삼은 것이다. 아마도 우리의 많은 작가 역시 그렇게 되었을 것이다. 그 운명을 피하진 못했을 것이다. 아흐메트 알탄은 이 책을 교도소에서 썼다. 예순여덟 살의 이 작가는 감옥 안에서도, 단 한번도, 작가이기를 포기하지 않았다. 지금, 우리에게 이 책은 실용서로 읽힌다. 그게 좀 슬프다.

/ 2025년 2월28일 / 이기호 소설가 /

✸✸✸✸✸

Date   /   /

숨결

오월의 숨결이 다가옵니다

우리는 그날의 역사를 기억합니다

하루가 퍽퍽해도 삶이 울렁거려도 가슴에 품고 살았습니다

서슬 퍼런 군부독재 총칼 앞에서

우리가 지키고자 했던 민주주의를 놓지 않았습니다

민주주의가 위기에 빠질 때마다

오월 광주는 봄꽃처럼 찾아왔습니다

작년 11월 광장에서 위기에 빠진 민주주의를 만났습니다

우리의 손에서 타오른 촛불이

어둠에 숨구멍을 뚫고 민주주의를 밝혔습니다

4월은 5월을 낳고 5월은 6월로

그리고 11월, 촛불은 민주주의 이름으로 다시 살아났습니다

37년 전, 광주에서 불어넣은 민주주의의 숨결

겨울을 건너 끝내 우리 곁으로 돌아왔습니다

광장은 촛불로 일렁거렸고 그 시작은 사일구와 오일팔입니다

님들이 있어 오늘 우리가 민주주의 우산을 쓰고 있습니다

님의 숨결이 횃불처럼 타올라

대한민국 민주주의 울타리를 만들었습니다

오늘, 5·18입니다

/ 2017년 5월15일 / 김희정 시인 /

✺ ✺ ✺ ✺

Date   /   /

불타는 망루를
기억하는 이유

흔히 민주주의는 피를 먹고 자란다고들 한다. 이 말 뒤에는 꼭이라 할 만큼
"한국의 민주주의는 피가 부족해서"라는 말도 따라붙는다. 무슨 그런
소리를! 한국의 민주주의는 피를 먹고 마시고 들이켜며 자랐다. 4·19,
인혁당, 긴급조치, 5·18, 박종철, 이한열, 백남기 등등을 부를 것까지도 없다.
6월항쟁으로 민주화와 산업화가 일단락되고 서로 화해했다고 말해지는
지금도, 여전히 곳곳에선 피가 흐른다. 여기저기 드높은 굴뚝에 이 추운
날에도 사람이 올라가 있다. 들리지 않는 말이 들리게 하기 위하여,
몸 그 자체를 들어서 바쳐야만 한다.

/ 2018년 1월16일 / 노혜경 시인 /

☀☀☀☀

Date / /

무지(無知)보다 더 무서운 건
막지(莫知)예요

현기영은 자신의 문학을 가리켜 "기억의 투쟁"이라고 한다. 독재정권에 의해
"생존자의 기억을 강제로 지우려는 기억의 타살행위"가 행해지는 동안 "너무
두려워 스스로 그 기억을 지워버리려는 기억의 자살행위"도 있었다. 그렇게
지워진 기억들을 소환하고 진실을 구해내려는 "기억투쟁"의 기록. 그것은
동시에 "내 존재의 일부가 불타버린 듯한 기억상실"을 극복하고 "나는
누구이고 어디에서 왔는지를 해명"하는 과정이라고 그는 썼다.

/ 2019년 10월19일 / 이진순 재단법인 와글 이사장 /

✳✳✳✳

Date   /   /

나의 글쓰기

/

민주주의의 자유를
올바르게 지키기 위한 나의 행동은?

/

/   /

✹✹✹✹✹

나의 글쓰기

/

만약 민주주의가 한 명의 인간이라면, 그 사람은 어떤 모습일까?
만약 민주주의가 여행을 떠난다면 그 여행의 목적지는 어디일까?
만약 민주주의가 한 송이 꽃이라면, 그 꽃은 언제 가장 아름다울까?

/

/	/	
	질문 하나를 선택해 상상하며 그려보세요. 글로 쓰셔도 됩니다.

✸✸✸✸✸

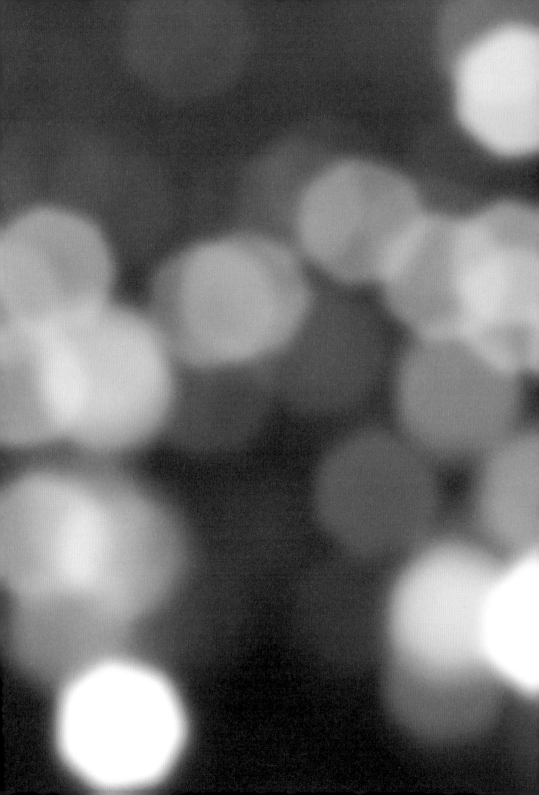

역사의 순간을
기록하다

여야 만장일치로
'비상계엄 선포 무효'

이 순간 만큼은 여야가 하나였다. 윤석열 대통령이 12월3일 밤 10시28분 비상계엄을 선포하자, 여야 의원들은 윤 대통령이 선포한 비상계엄을 해제하기 위해 앞다퉈 국회로 집결했다. 전체 국회의원 300명 가운데 190명의 의원이 국회로 모였고, 만장일치로 비상계엄 해제 요구 결의안을 통과시켰다. 비상계엄 선포부터 해제 요구 결의안이 통과될 때까지 걸린 시간은 불과 150여분이었다.

/ 2024년 12월4일 / 고한솔 기자 등 /

✸ ✸ ✸ ✸

Date   /   /

이성 잃은 비상계엄,
국민에 대한 반역이다

1979년과 80년 신군부 세력이 '반국가세력의 내란 획책'을 이유로
비상계엄을 선포한 지 45년이 지났다. 그런데 21세기에 똑같은 이유로
비상계엄을 선포하다니, 너무 어처구니 없는 행동이다. 이제 윤 대통령은
정상적인 판단력을 상실하고 시대착오적인 행동을 한 데 대해 책임을
져야한다.

우리 헌법은 '대통령은 전시·사변 또는 이에 준하는 국가비상사태에 한해
군사상 필요에 응하거나 공공의 안녕질서를 유지할 필요가 있을 때 계엄을
선포할 수 있다'고 규정하고 있다. 지금이 전시나 사변 또는 이에 준하는
비상사태인가.

윤석열 대통령은 이제 대통령의 자격을 상실했다.
대한민국의 주인은 오직 국민이다.

/ 2024년 12월4일 / 사설 /

✹ ✹ ✹ ✹

Date   /   /

다시 민주주의의 시간이다!

다른 한편으로 민주주의는 부서지기 쉽다. 이번 사태는 친위 쿠데타가 한국에서도 언제든 다시 벌어질 수 있다는 걸 보여줬다. 그것도 국민이 선출한 지도자의 손에 의해서. 다시 민주주의 성채를 더 굳건히 구축해야 할 시간이다.

/ 2024년 12월5일 / 박현 논설위원 /

✳ ✳ ✳ ✳

Date   /   /

요건 못 갖춘
계엄령 선포

형법 87조는 영토의 전부 또는 일부에서 국가권력을 배제하거나 국헌을
문란하게 할 목적으로 폭동을 일으킨 경우 내란죄로 처벌하도록 규정하고
있다. '국헌 문란'이란 헌법에 의해 설치된 국가기관을 강압적으로
전복시키거나 권능 행사를 불가능하게 하는 경우를 뜻한다. 내란의
우두머리는 무기징역·금고에서 사형까지 처할 수 있고, 모의에 참여해도
최소 징역 5년의 중형이 규정돼있다.

/ 2024년 12월5일 / 강재구 기자 등 /

✳✳✳✳

Date / /

한강 작가가 말한
"진심과 용기가 느껴졌던 순간"

한강 작가는 "맨몸으로 장갑차 앞에서 멈추려고 애를 쓰는" 모습,
"맨손으로 무장한 군인들을 껴안으면서 제지하려는 모습", "총 들고
다가오는 군인들 앞에서 버텨보려고 애쓰는 사람들의 모습",
"마지막에 군인들이 물러갈 때는 잘 가라고 마치 아들들한테 하듯이
소리치는 모습"을 언급하며 "진심과 용기가 느껴졌던 순간"이라고 말했다.
그러면서 지난 3일 밤 국회에 투입됐던 "젊은 경찰"과 "젊은 군인"들이
"내적 충돌을 느끼면서 최대한 소극적으로 움직이고 있다는 느낌을
받았"다고도 했다. 이어 "보편적인 가치의 관점에서 본다면 생각하고
판단하고 고통을 느끼면서 해결책을 찾으려고 했던 적극적인 행위였다고
생각"한다고 했다.

지금의 혼란과 실망에도, 기자회견 말미에서 한강 작가가 말한 건
'희망'이었다. 그는 "때로는 더 희망이 있나 이런 생각을 할 때도 있다.
(그러나) 요즘은 희망이 있을 거라고 희망하는 것도 '희망'이라고 부를 수
있지 않나 하는 생각을 한다"고 말했다.

/ 2024년 12월 7일 / 장예지 기자 /

✹ ✹ ✹ ✹

질문들을 견디며
사는 것

"사랑이란 어디 있을까?

팔딱팔딱 뛰는 나의 가슴 속에 있지.

사랑이란 무얼까?

우리의 가슴과 가슴 사이를 연결해주는 금실이지."

한강 작가는 장편소설을 쓰는 일을 "질문들을 견디며 사는 것"이라고 했다.

그는 "완성까지 아무리 짧아도 1년, 길게는 7년까지 걸리는 장편소설은

내 개인적 삶의 상당한 기간들과 맞바꿈된다"며 "바로 그 점이 나는 좋았다.

그렇게 맞바꿔도 좋다고 결심할 만큼 중요하고 절실한 질문들 속으로

들어가 머물 수 있다는 것이다"라고 말했다.

/ 2024년 12월9일 / 장예지 기자 /

✳✳✳✳

그날 본회의장 떠난 105인

2024년 12월7일 오후 윤석열 대통령 탄핵소추안 국회 본회의 표결에
국민의힘 의원 108명 가운데 105명이 불참해 투표가 성립되지 않았다.
윤석열 대통령은 8일 내란죄 피의자로 입건됐다. 탄핵안 표결에 불참한
105명의 이름과 얼굴을 기록으로 남겨둔다. (213페이지 참조)

/ 2024년 12월9일 / 서영지 기자 등 /

✳ ✳ ✳ ✳

Date   /   /

시민의 힘으로
민주주의 구했다

12·3 내란사태 수괴(우두머리)인 대통령 윤석열이 탄핵소추됐다.
민주주의를 파괴하고 헌법을 유린한 내란 피의자 윤석열을 시민의 힘으로
직무정지시킨 것이다. 2024년 12월14일은 주권자인 시민의 힘으로 위기의
민주주의를 구하고 새로운 시작의 문을 열어젖힌 국민 승리의 날이다.

/ 2024년 12월14일 / 사설 /

✸✸✸✸

내란 수괴 윤석열
탄핵안 가결

'내란수괴 피의자' 대한민국 대통령 윤석열의 탄핵소추안이 12월14일 국회에서 가결됐다. 대통령의 집무집행도 정지됐다. 기습적 비상계엄 선포로 국민을 경악과 공포로 몰아넣은 '12·3 내란사태' 이후 11일 만이다.

/ 2024년 12월14일 / 엄지원 기자 등 /

✳ ✳ ✳ ✳

Date   /   /

'다만세'와
'임을 위한 행진곡'

촛불은 형형색색 응원봉으로 변형되어 다양한 색의 연대라는 민주주의의
함의를 직관적으로 은유하였고, 2016년 이화여대생들이 경찰 앞에서
합창했던 '다시 만난 세계'는 '임을 위한 행진곡'과 위상을 나란히 하는
민중가요로 자리매김하면서 거의 대부분의 케이팝 메들리를 광장에 끌고
나왔습니다. 1980년 5월 광주에서의 항쟁은 그렇게 2024년 12월의
투쟁으로 확장되었죠.

/ 2024년 12월18일 / 박강수 기자 /

✳ ✳ ✳ ✳

Date   /   /

덕분에 윤전기는 돈다

그래서 사실 윤전기가 이렇게 계속 돌아갈 수 있는 것은 다 그 힘들
덕분이었다. 그 밤에 국회로 달려가준 시민들의 걸음의 힘이었고, 집회 때
거리마다 놓여 있던 핫팩의 힘이었다. 서로의 안위를 물으며 다독여준
위로의 힘이었고, 추위에도 바투 앉아 온기를 나누던 무릎들의 힘이었다.
그래서 오늘도 윤전기는 돈다. 여러분 덕분에.

/ 2024년 12월20일 / 장현은 기자 /

✳✳✳✳✳

더 큰 내란을
예고한 '작은 내란'

권력이 사유화할 때 권력 행사의 원칙은 사라지고 권력 그 자체만 남습니다.
그 권력은 더 이상 문명의 산물이 아니라 야생동물의 포악함이 됩니다.
윤석열 검찰이 검찰권 행사의 원칙인 중립성·공정성·객관성 등을 가치없이
폐기했듯이 대통령 윤석열은 비상계엄의 요건과 헌법적 한계를
묵살했습니다. 국민의 생명과 안전을 지키기 위해 사용해야 할 군통수권을
국민에게 총부리를 겨누는 데 사용했습니다. 비뚤어진 검찰권 행사의
버릇을 그대로 재현했습니다. 이런 점에서 검찰권 사유화는 더 큰 내란을
예고한 '작은 내란'이었던 셈입니다.

/ 2024년 12월 25일 / 박용현 논설위원 /

✳✳✳✳

Date   /   /

우금치의 과거가
남태령의 현재를 도왔다

적어도 여기까진 왔다. "과거가 현재를 도울 수 있는가?" "죽은 자가
산 자를 구할 수 있는가?" 한강 작가의 질문에, 시민들이 대신 답했다.
우금치의 과거가 남태령의 현재를 도왔고, 죽은 전태일이, 백남기가,
변희수가 산 자들을 구했다고 했다. 누군가의 죽음 위에 우리가
살아 있음을 잊지 않는다고 청년들이 응답했다.
2024년 12월, 미래가 답했다.

/ 2024년 12월25일 / 이유진 기자 /

✹ ✹ ✹ ✹

Date   /   /

1970년대와 2024년이
달라진 점

특히 유신이라는 친위 쿠데타를 감행하면서 박정희가 보여준 삼권 분립에
대한 무시 등은, 윤석열의 내란 계획 속에서도 그대로 찾아볼 수 있다.
단, 1970년대와 달리 한국에서 친위 쿠데타를 막을 수 있는 시민사회가
이미 성장한 것이다. 그런데도 1970년대가 우리 현실 속에서 녹아 있다는
것은 엄연한 사실이다.

/ 2024년 12월27일 / 박노자 노르웨이 오슬로대 교수 /

민주주의 위기 '캄캄한 밤' 우리를 이어준 언어의 힘

연말에 발생한 비상계엄 사태와 직무정지 당한 대통령이 보여주는 한심한 행태로 많은 국민이 '캄캄한 밤'을 느끼고 있습니다. 그러나 한강 작가가 말한 대로 "가장 어두운 밤에도 우리가 무엇으로 만들어진 존재인지 묻는 언어가 있습니다". 언어의 힘을 믿고, 연결의 힘을 믿고, 내년에도 읽고 쓰며 '우리가 바라는 세상'으로 함께 걸어가면 좋겠습니다.

/ 2024년 12월27일 / 한겨레 텍스트(.txt)팀 /

재앙 앞의 마음들

재앙 앞에 어떤 마음을 지닐 것인가. 방식이야 제각각이어도 희망을
찾으려는 몸부림은 비슷하리라 믿었다. 사태가 담고 있는 의미를 생각하고,
그로부터 나아가야 할 길을 고민해보려는 마음들. 12·3 내란사태 이후
마땅한 민주주의 복원 절차를 촉구하며 국회 앞에, 광화문 앞에 모여든
시민들이 누누이 그런 다짐을 전해줬다.

무너진 세상 앞에 느끼는 마음만큼은 별반 다르지 않다는 우리에 대한
믿음이 노래만큼 위로가 됐다.

/ 2025년 1월 13일 / 방준호 기자 /

✳ ✳ ✳ ✳

Date   /   /

집단 우울의 시간을
건너는 법

하지만 가장 중요한 것은 역시 가슴에 희망을 품는 일이다. 2024년 12월 추운 밤, 130년 전 우금치에서 부러졌던 동학 농민군의 깃발이 다시 세워져 직선거리 115㎞나 전진하여 남태령에 도착했다. 이제 용산까지 겨우 8㎞ 남았다.

/ 2025년 1월13일 / 신영전 한양대 의대 교수 /

✸ ✸ ✸ ✸

윤석열은 도처에 있다

실제로 정치에선 진실(사실)과 거짓말(허위)의 경계가 빈번하게 무너져
내렸다. 정치가 부단히 변화하는 인간사의 영역에 속한 만큼, 거기서
생겨나는 사실이나 사건들이 모두에게 자명한 것으로 여기지지 않은 것도
이유였다. '사실이어서' 믿는 게 아니라, '믿어서' 사실이 되는 일이 정치
영역에선 다반사였다.

어쩌면 우린 '민주주의'를 수호하는 것보다 '사실적 진실'을 지켜내는 일에
더 많은 땀과 피를 쏟아야 할지 모른다.

/ 2025년 1월16일 / 이세영 기자 /

☀ ☀ ☀ ☀

Date   /   /

내란 43일만에
윤석열 체포

윤석열 대통령이 내란 우두머리 혐의로 2025년 1월15일 체포됐다.
헌정사상 처음으로 '현직 대통령 피의자'가 된 그는 고위공직자범죄수사처로
압송돼 조사를 받았다. 12·3 비상계엄을 선포한 지 43일 만이다.

/ 2025년 1월16일 / 정혜민 기자 등 /

✳✳✳✳

Date   /   /

'현재의 역사'를
써 내려갈 용기

우리는 순진한 무책임을 양산해온 필연의 정치, 몽롱한 고양감을 조장해온
영원의 정치를 단호히 끊어내고 평범하게 역사적인 존재로서 과거로부터
배우고 자유로이 현재를 빚어 나가는 용기를 회복해야 한다. 시민들은 이미
광장에 서서 역사적 존재로서 내가 누구인지, 나는 어떤 세상을 꿈꾸는지
소리쳐 외치기 시작했다. 우리 시대 민주주의의 역사를 한땀 한땀
만들어가는 이 길이 결코 쉽지는 않겠지만, 우리가 그렇게 하기로
마음먹는다면 불가능한 것도 아니다. 다름 아닌 역사가 그렇게 말하고 있다.

/ 2025년 1월18일 / 장혜영 전 국회의원 /

✺✺✺✺

한국 민주주의를 위한
예언서

내란 시도보다 소름 끼치는 것은 내전의 전조다.

"체제 전복 세력 척결" 의지로 상기된 대통령이 계엄을 선포하던 장면보다,
무장한 특전사 군인들이 유리창을 깨고 국회로 난입하던 장면보다,
대통령의 구속영장을 발부한 법원을 파괴하며 살기를 뿜는 폭동의 장면이
한국의 오늘을 더 섬뜩하게 드러냈는지 모른다. 내란의 실행은
충격적이었지만 그 우두머리를 체포·구속한 민주적 회복 절차를 해머와
쇠파이프와 소화기로 깨부순 장면은 대한민국의 민주주의가 '어떤 단계'로
접어든 징조 같아 더 불길했다.

/ 2025년 1월24일 / 이문영 기자 /

✳✳✳ ✳

앞으로도 우린
파쇼와 싸우게 된다

자신을 지지하지 않는다는 이유로 국민의 절반가량을 '반국가 세력'으로
규정한 윤석열이라는 돈키호테로 인해 새삼 재인식하게 된 사실이 있다.
민주화 이후의 한국 현대사는 '파시즘으로부터의 도피' 여정이라고 해도
과언이 아니며, 민주화 운동의 다른 이름은 반파시즘 투쟁이었다는 것이다.
민주화가 완성됐다고 쉽게 생각했지만, 완벽한 착각이었다. 민주주의
시제에 완료형이란 없다. 오직 현재 진행형만 있을 뿐이다.

/ 2025년 2월3일 / 이재성 논설위원 /

Date   /   /

기록이 쌓일수록
민주주의도 두꺼워졌다

비상계엄을 모의하고 실행한 주범·비선·조력자들이 밝혀지고 있지만
그날 밤 계엄을 저지한 사람들은 여전히 얼굴 없는 '시민'으로 덩어리져 있다.
　"계엄 선포(밤 10시28분)부터 해제 선언(이튿날 새벽 4시27분)까지
군인들을 막아선 사람들은 누구이고, 어떤 마음이 그들을 국회 앞으로
떠밀었고, 그들이 지키고자 한 것은 무엇이며, 그들이 염원하는 사회는
무엇인지 듣고 기록"(송소연 상임이사)할 때 내란의 실체뿐 아니라 '내란을
이긴 민주주의'도 온전히 재구성될 수 있었다.

이준형은 '그 순간'의 증언자가 됐다. 대통령 탄핵소추안이 국회에서
가결되자 "그날 찍은 사진과 영상을 올려도 불이익이 없겠다"고 판단했다.
"목격한 것들"을 자신의 블로그에 공개했다. 기록이 쌓일수록 민주주의도
두꺼워졌다. 불행한 역사를 되풀이하지 않기 위해서라도 "기록을 남겨
보존해야 한다"고 그는 믿었다. 진실의힘의 믿음이기도 했다.

/ 2025년 2월28일 / 이문영 기자 /

✳ ✳ ✳ ✳

다 적지 못한 광장의 말들

3월8일 광장에는 또다시 '비상사태'라 이를 만한 윤석열 대통령 석방
소식이 전해졌다. 기사에 적힌 말은 그에 대한 시민의 공포와 분노에
집중됐다. 다만 이는 이날 광장의 일부분일 따름이었다. 세계 여성의 날이
기도 했던 이날 기사에 적지 못한 광장의 말들 가운데 하나는, 소위
'정상 가족'에서 자라지 않은 케이(K)장녀가 엄마에게 건네는 편지였다.
  "어렸을 때 나는 내가 엄마를 지켜줄 수 있는 강한 남성이 아니라서
속상했는데, (광장에서) 세상은 약한 자가 모여서 바꾼다는 것을 느꼈어.
내가 그 약한 자의 입장에 서 있는 당사자라는 것이 다행스러워."
  삭제된 말들에 담긴 각자의 취약함, 그런 사람들이 모여 다른 세상을
바란다는 감각은 어떤 극적인 사태 앞에도, 분노를 차별과 혐오로
변질시키지 않으며 광장을 유지해온 가장 중요한 바탕일 터였다. 당장 급해
지운 말들에 빚지고 있다. 당장 급한 민주주의의 회복 이후 그 채무를
잊지 않을 의무 또한 무겁게 남았다.

/ 2025년 3월10일 / 방준호 기자 /

✳ ✳ ✳ ✳

'대선이 더 쉬워졌다'는 착각

지난 주말 윤석열 대통령이 주먹을 불끈 쥐는 장면은, 어퍼컷만큼은 아니지만 지지자들을 흥분시키기에 충분하다. 물론 그의 석방은 헌법재판소 탄핵 결정과는 무관하다. 하지만 우리 사회의 분열과 혼란이 장기화하고 더욱 가팔라지리란 걸 예고하는 것임엔 분명하다. 탄핵과 대선을 거치면 모든 게 정상으로 돌아가리란 기대는 한줌의 재로 변해 차가운 아스팔트 위에 뿌려졌다.

탄핵과 대선은 끝이 아니다. 앞으로 상당 기간 이어질 극우 포퓰리즘 세력과의 지난한 싸움의 시작이다.

/ 2025년 3월11일 / 박찬수 대기자 /

✹✹✹✹

민주주의라는 길

민주주의는 인간의 존엄성을 구현하는 절대적인 가치인 동시에 경제발전과
사회정의를 실현하는 유일한 길이라고 저는 믿습니다.

/ 2000년 12월11일 / 김대중 대통령 노벨평화상 수상연설 전문 /

Date   /   /

이건 '혁명에 준하는 상황'이 아니고
혁명이다

큰 물은 가장 낮은 곳에서 모인다. 큰 물은 선두를 다투지 않고 자리를 탐하지 않는다. 먼저 내달리던 물이 빈 웅덩이를 채우면 뒷물이 그 곁을 스치며 새로운 선두가 된다. 부드러운 힘으로 단단한 것들을 깨고 갈아, 가장 낮은 곳에서 가장 거대하고 육중한 존재로 완성된다.

   한 달이 넘도록 주말마다 광장을 채우는 시민들의 촛불이 바로 그 물과 같다.

/ 2016년 12월2일 / 이진순 재단법인 와글 이사장 /

☀☀☀☀

사람에서 사람으로 이어지는
민주주의

독재에 맞섰던 87년의 청년이 2017년의 아버지가 되어 광장을 지키고,

도시락을 건넸던 87년의 여고생이 2017년 두 아이의 엄마가 되어 촛불을 든

것처럼, 사람에서 사람으로 이어지는 민주주의는 흔들리지 않습니다.

정치와 일상이, 직장과 가정이 민주주의로 이어질 때

우리의 삶은 흔들리지 않습니다.

/ 2017년 6월10일 / 문재인 대통령의 6월 항쟁 30주년 기념사 /

나의 글쓰기

/

민주주의는 "다수의 의견"에 의존하는 걸까,
아니면 "소수의 목소리" 속에서
비밀스러운 힘을 발견하는 걸까?

/

✳✳✳✳✳

나의 글쓰기

/

만약 내가 누리는 자유가
내일 사라진다면?

/

/ /

✳✳✳✳

2024년 12월4일 새벽 서울 여의도 국회 앞에서 시민들이 '계엄령을 철폐하라'를 외치고 있다. / 백소아 기자

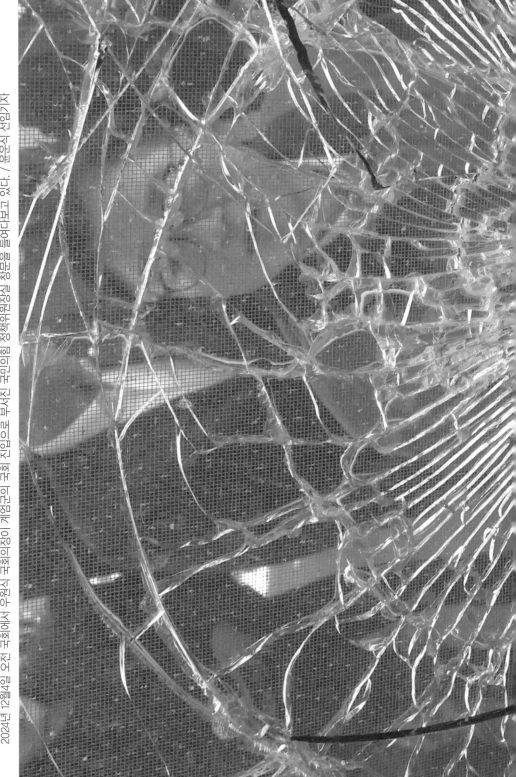

2024년 12월4일 오전 국회에서 우원식 국회의장이 계엄군의 국회 진입으로 부서진 국민의힘 정책위원장실 창문을 들여다보고 있다. / 윤웅식 선임기자

2024년 12월6일 오후 서울 여의도 국회 앞에서 한 시민이 한겨레21 특별판을 든 채 윤석열 대통령 즉각 체포를 촉구하고 있다. / 류우종 기자

2024년 12월 7일 저녁 서울 여의도 국회 앞에서 '윤석열 대통령 탄핵소추안'이 정족수 미달로 자동 폐기됐다는 뉴스를 들은 한 시민이 스마트폰 화면에 '우리는 끝까지 포기하지 않는다'라는 문구를 띄우고 있다. / 김혜윤 기자

우리는 끝까지
포기하지 않는다

2024년 12월7일 저녁 서울 여의도 국회 앞에서 열린 윤석열 대통령 탄핵 촉구 촛불 집회에 참석한 시민들이 단상의 대형 화면을 통해 '윤석열 대통령 탄핵소추 안'의 국회 표결 과정을 지켜보고 있다. / 정용일 선임기자

2024년 12월10일~11일 서울 여의도 국회 앞에서 열린 윤석열 대통령 탄핵 촉구 촛불 집회에 참석한 시민들이 탄핵을 주제로 '봉구(응원봉 꾸미기)'한 작품들을 들어 올리고 있다. / 백소아 기자

2024년 12월13일 저녁 서울 여의도 국회 앞에서 '내란범 윤석열 탄핵 전국긴급행동' 집회가 열려 시민들이 응원봉을 들고 구호를 외치고 있다. / 김영원 기자

2024년 12월 14일 오후 국회 본회의장에서 '가 204표, 부 85표' 등의 내용이 담긴 윤석열 대통령 탄핵소추안 표결 결과지가 보이고 있다. / 김경호 선임기자

2025년 1월5일 오전 서울 용산구 한남동 대통령 관저 앞에서 윤석열 대통령 체포를 촉구하며 '밤샘 집회'를 연 시민들이 함박눈 아래, 서로 보온용 은박담요를 씌워주고 있다. / 김혜윤 기자

2024년 12월9일 한겨레신문 1면의 '그날 본회의장 떠난 105인'.

탄핵하랬더니, 통치하겠다는 한동훈

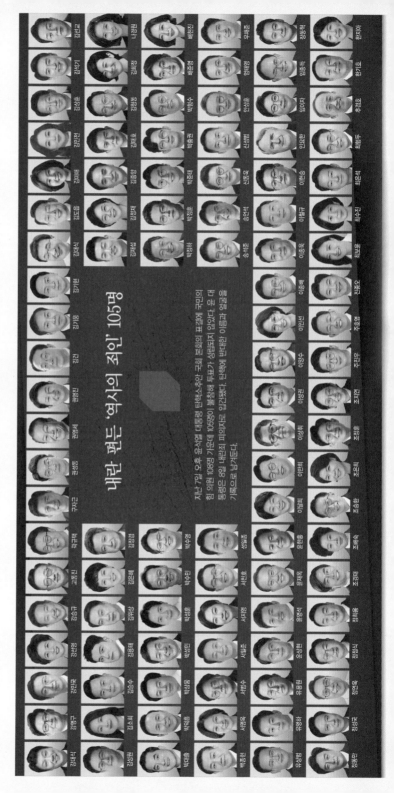

내란 편든 '역사의 죄인' 105명

지난 7일 오후 윤석열 대통령 탄핵소추안 국회 본회의 표결에 국민의힘 의원 108명 가운데 105명이 불참해 투표가 성립되지 않았다. 윤 대통령은 8일 내란죄 피의자로 입건됐다. 탄핵에 반대한 이름과 얼굴을 기록으로 남겨둔다.

한겨레 [호외]

hani.co.kr

대표전화 1566-9595   1988년 5월15일 창간   2024년 12월4일 수요일

윤 대통령 계엄령, 국민에 대한 반역이다

사설

윤석열 대통령이 3일 밤 비상계엄을 선포했다. 그러나 국회가 곧바로 비상계엄 해제 요구 결의안을 의결함에 따라 계엄이 부메랑처럼 윤 대통령을 겨눠 새벽 4시 해제됐다. 비상계엄 선포부터 불과 6시간여만이었다. 도대체 윤 대통령은 무슨 생각을 했던 것인가.

윤 대통령은 이날 밤 용산 대통령실에서 발표한 긴급 담화를 통해 "자유 헌정질서를 지키기 위해 비상계엄을 선포한다"고 밝혔다. 이에 따라 공수부대가 국회 경내에 진입해 국회 보좌진 및 시민들과 대치하는 등 일촉즉발의 상황이 연출됐다.

대국민담화

"질서 위해 비상계엄 선포…대한민국 재건"

민주, '인사개입 의혹' 김상훈 사과·중징계 촉구…윤리특위 제소 | 부산

윤석열 대통령이 3일 밤 '자유 헌정질서를 지키기 위해 비상계엄을 선포한다'는 긴급 대국민담화를 발표하는 모습이 텔레비전을 통해 중계되고 있다.(왼쪽) 사전 비상계엄 소식을 듣고 서울 여의도 국회로 달려온 시민들이 4일 새벽 국회진입하는 군 차량들 가로막고 있다.

신소영 백소아 기자 viator@hani.co.kr

시민·국회가 막은 계엄령…탄핵 여론 거세진다

윤 "반국가세력 척결" 한밤 선포
계엄군 포고령 발동뒤 국회로
국회 본회의 열어 '계엄 해제' 가결
윤, 새벽 4시27분에 해제 뜻 밝혀

한겨레 특별판

hani.co.kr

대표전화 1566-9595 1988년 5월15일 창간

5판 11396호 2024년 12월7일 토요일

'내란 수괴' 윤석열

"체포하라" '12·3 내란사태' 이후 탄핵 정국이 급물살을 타면서 윤석열 대통령 탄핵소추안의 국회 본회의 표결이 임박한 가운데 6일 저녁 서울 여의도 국회 앞에서 열린 '내란범 윤석열 퇴진 시민촛불' 집회 참가자들이 한겨레21 비상계엄 특별판을 든 채 '윤석열 퇴진' 등 구호를 외치고 있다.

김영원 기자 forever@hani.co.kr

오늘 탄핵소추안 표결

국정원 차장 "윤, 계엄 때 싹 잡아들이라 했다"

특전·수방사령관 등 '내란 주역들' 폭로 잇따라
한동훈 "직무정지 필요" 입장 선회…국힘 요동
윤, 버티기 여전…'8명' 여당 이탈표 나올지 주목

"대통령이 싹 다 잡아들이라고 했다." "작전 중간에 대통령이 전화했다." 뚜렷한 정황과 진술들이 '12·3 내란'의 '수괴'(우두머리)로 윤석열 대통령을 지목했다. 하지만 국헌 문란과 민주주의 파괴의 중범죄를 저지르고도 일말의 후회나 뉘우침의 감정도 그에겐 없어 보였다. 비등하는 퇴진 여론에는 귀를 막은 듯 그는 공석인 장관급 공직자의 임명을 재가하기까지 했다.

그사이 국회 상황은 시시각각 변했다. 윤 대통령의 직무집행 정지 필요성을 언급한 한동훈 국민의힘 대표의 오전 발언 이후 '탄핵 저지'로 뭉치는 듯했던 국민의힘은 요동쳤다. 윤 대통령과 한 대표의 긴급 면담이 이루어졌고, 윤 대통령이 국회에서 열리는 국민의힘 의원총회를 찾을 것이란 소식에 야당 의원들이 스크럼을 짜고 본청 계단을 막아섰다. 한 대표는 이후 탄핵에 대해 뚜렷한 입장을 밝히지 않았고, 국민의힘 분위기를 살피며 표결 시기를 저울질하던 야당은 탄핵소추안 처리를 애초 일정대로 7일 진행하기로 했다.

한 대표는 이날 긴급 최고위원회의에서 "저는 어제 준비 없는 혼란으로 인한 국민과 지지자 피해를 막기 위해 이번 탄핵안이 통과되지 않게 노력하겠다고 했지만, 새로이 드러나고 있는 사실들을 감안할 때 대한민국과 국민을 지키기 위해 윤 대통령의 조속한 직무집행 정지가 필요하다고 판단했다"고 말했다. 한 대표가 입장을 바꾼 것은 비상계엄 당일 계엄사령부가 한 대표 자신을 비롯해 주요 정치인들을 체포·수감하려 한 계획이 실재했음이 확인됐기 때문이었다. 실제 홍장원 국가정보원 1차장은 6일 오후 국회 정보위원원장실을 찾아 윤 대통령이 자신에게 "이번 기회에 다 잡아들여. 싹 다 정리해"라고 전화로 지시한 사실을 폭로했다. 그가 방첩사령부로부터 전달받은 검거 대상자 명단에는 우원식 국회의장과 이재명 더불어민주당 대표, 한동훈 대표 외에 조국 조국혁신당 대표, 방송인 김어준씨 등이 포함돼 있었다고 했다.

하지만 모든 사태의 최종 책임자인 윤 대통령은 관저에 틀어박혀 국민에게 어떤 해명도 사과도 내놓지 않았다. 특수전사령관과 수도방위사령관 등 12·3 내란사태의 주역들이 이날 연이어 국회 점령과 정치인 체포 등의 지시가 윤 대통령으로부터 나왔음을 증언했지만, 해명도 반박도 없었다. 그저 '자리 보존'을 위한 '여당 회유'에만 몰두했다.

오후 6시가 가까운 시각, 그는 박선영 전 의원의 진실화해위원장(장관급) 임명안을 재가했다. 스스로 임기를 중간에 끝내는 일은 없을 것이란 의지 표명에 가까웠다.

이날 오전 한 대표가 입장을 선회하면서 탄핵안 가결의 청신호가 들어온 것으로 봤던 민주당은 한 대표의 어정쩡한 태도에 신중론으로 돌아섰다. 192석 야권이 주도한 윤 대통령 탄핵소추는 국회 재적의원 3분의 2(200명) 이상의 찬성이 필요하기 때문에 반대를 당론으로 정한 여당에서 적어도 8명이 이탈하지 않으면 부결된다. 친한동훈계가 17명가량으로 꼽히는 점을 고려하면, 이들 중 일부가 찬성할 경우 탄핵안은 본회의 문턱을 넘을 수 있다. 하지만 친한계의 상당수는 여전히 '탄핵'보다는 대통령 스스로 거취를 정리해주길 바라는 눈치다. 2017년 탄핵 이후 겪었던 '몰락의 기억' 때문이다. 현재로선 탄핵의 키를 쥐고 있는 여당 비주류의 이탈이 현실화할지는 미지수다. 무기명 투표라도 여당 지도부가 본회의 불참을 지시할 경우, '가결파'는 탈당과 배신자의 낙인을 각오하고 본회의장에 입장해야 한다.

이재명 대표는 이날 기자회견에서 한 대표의 발언을 두고 "국민의힘 대표로서 하신 말씀인지, 아니면 원외 개별 인사 입장인지 분명치 않다. 탄핵 찬성한다는 말씀처럼 들리긴 하는데 언제 또 그런 뜻이 아니라고 할지 모르겠다"고 말했다. 본회의 역시 예정대로 7일 오후 진행하되 표결 시간 등을 고려해 오후 5시에 개의하기로 했다.

엄지원 전광준 고경주 기자 umkija@hani.co.kr

12·3 내란사태

2024년 12월7일 한겨레신문 특별판 1면.

한겨레 호외

hani.co.kr

대표전화 1566-9595 1988년 5월15일 창간

2024년 12월14일 토요일

내란 수괴 윤석열 탄핵안 가결

감격…환호 '12·3 내란사태'를 일으킨 내란의 피의자 윤석열 대통령에 대한 탄핵소추안이 14일 오후 서울 여의도 국회 본회의에서 재적 의원 300명 중 204명의 찬성으로 가결되자 국회 앞에 모여 윤석열 탄핵을 외치던 시민들이 기뻐하고 있다. 김봉규 기자 bong9@hani.co.kr

300명 표결, 찬성 204표로 국회 통과
비상계엄 11일 만에 대통령 직무정지
"위대한 국민 승리"…헌재 탄핵심판 돌입

'내란수괴 피의자' 대한민국 대통령 윤석열의 탄핵소추안이 14일 국회에서 가결됐다. 대통령의 직무집행도 정지됐다. 가능직 비상계엄 선포로 국민을 경악과 공포로 몰아넣은 '12·3 내란사태' 이후 11일 만이다.

이날 오후 4시29분 국회본회의장서 무기명 비밀투표로 시작된 탄핵안 표결에는 재적 의원 300명 전원이 참여했다. 결과는 찬성 204표, 반대 85표, 기권 3표, 무효 8표로 탄핵안 가결 정족수인 재적 의원 3분의 2(200명)를 아슬아슬하게 넘겼다. 본회의 표결까지 반대 당론 수정 여부와 표결 참여 문제 등으로 의원총회를 여러간 열었던 국민의힘에서 이탈표를 던진 '소신파' 12명이 탄핵에 동참한 결과다.

야 6당이 전날 발의한 탄핵안은 오로지 윤석열 대통령의 위헌·위법 내란 행위에 집중했다. 탄핵안은 "국회를 무력화시킬 목적으로 초헌법적 법률이 규정한 비상계엄의 요건과 절차에 위배해 비상계엄을 선포한 무권한 군 병력, 경찰력을 동원해 국회 피소추자의 위헌, 위법한 대통령의 직을 더 이상 유지하는 것이 헌법 수호의 관점에서 용납될 수 없을 정도로 중대하며, 국회의 국민의 신임에 대한 배반은 국정을 담당

할 자격을 상실할 정도로 이르렀다"는 내용이 담겼다.

지난 7일 첫번째 탄핵안 표결이 집단 불참이라는 국민의힘의 이날 2차 탄핵안 표결에는 참여했으나 '탄핵 반대'라는 당론을 유지했다. '내란 동조 세력'이란 오명을 벗

이면도 마지막 기회를 걷어찬 것이다.

우원식 국회의장은 탄핵안 가결을 선포한 뒤 "국민 여러분께서 보여준 민주주의에 대한 간절함, 용기와 헌신이 이 결정을 이끌었다. 국회와 국회의장은 이 사실을 깊이 새기겠다"고 말했다. 박찬대 원내대표는 "탄핵안 가결은 위대한 국민의 승리"라며 "행정 절차와 민주주의 일상 수호를 더 높아나갈 것이며 국민 여러분의 계셨기"에 대한만큼인 민주주의는 한 단계씩 역사를 쓸 수 있었다"고 말했다.

탄핵안 가결 소식이 전해지자, 국회 앞 윤석열 대통령 탄핵소추(주최 추산) 시민들도 환호의 함성을 쏟아냈

다. 전국 1500여개 노동시민사회단체가 모인 '윤석열퇴진비상행동'(이하 비상행동)은 이날 오후 3시부터 서울 여의도에서 범국민 촛불대행진을 열어 국회에 탄핵안 가결을 압박했다. 윤석열직무정지·사회대개혁 비상행동은 "내란 수괴 윤석열 탄핵소추안 가결, 주권자가 승리했다"며 환영했다. 이어 "이제 고비를 넘었을 뿐이다. 여기서 멈추지 않고 전국 각 지역에서 윤석열 즉각 퇴진과 부역자 청산을 요구하는 촛불과 더 많은 시민참여 운동을 확대해나갈 것"이라고 밝혔다.

국회가 국민의 명령을 받들어 탄핵소추안을 가결했으니, 탄핵심판 절차는 지금부

터다. 탄핵심판에서 국회 소추위원을 맡은 정청래 법제사법위원장은 본회의 직후 탄핵소추 의결서 정본을 헌법재판소에 제출했고, 의결서 접수와 동시에 헌재의 180일간의 헌재 탄핵심판 절차가 개시됐다. 서울 용산 대통령실에는 탄핵 의결서 사본이 전달됐고, 그 즉시 윤 대통령의 권한은 정지됐다. 윤 대통령은 이날 대통령실에 출근하지 않고 서울 한남동 관저에 머물렀다.

윤 대통령이 직무 정지로 한덕수 국무총리가 대통령 권한대행을 맡게 됐다. 야당은 국정 혼란을 최소화하려는 달라 권한대행 체제를 수용하기로 했으나, 그 역시 내란의 피의자인 만큼 수사 상황에 따라 최상목 경제부총리(기획재정부 장관)나 이주호 사회부총리(교육부 장관)가 권한대행을 승계할 가능성도 남아있다.

임시원 고나령 기자 uml@hani.co.kr

윤석열 대통령 탄핵안 표결 결과

재적의원 총 300

찬성 204표
반대 85표
재적의원 8
무효 8
기권 3

2024년 12월14일 한겨레신문 호외 1면.

한 겨 레
hani.co.kr

kbc
하이엔드 창호
Klenze

2025년 1월16일 목요일

내란 43일만에, 윤석열 체포

헌정사상 첫 현직 대통령 체포

공수처, 5시간 대치 끝 영장 집행
윤, 관저 둘러 자진출석 요구도
내일 오전 구속영장 청구 가능성

윤석열 대통령이 내란 우두머리 혐의로 15일 체포됐다. 헌정사상 처음으로 '현직 대통령 피의자'가 된 그는 고위공직자범죄수사처(공수처)와 압송해 조사를 받았다. 12·3 비상계엄을 선포한 지 43일 만이다.

공수처와 경찰 특별수사단의 수사 협의체인 공조수사본부(공조본)는 이날 새벽 5시30분께 서울 한남동 대통령 관저에 도착해 영장을 제시하여 체포를 시도했고 5시간여 만에 윤 대통령을 체포했다. 관저 들어와서 윤 대통령 변호인단과 국민의힘 의원들이 강하게 항의했지만 1차 집행 때와 달리 대통령 경호처의 조직적인 저항은 없었다. 차벽으로 막혀 있던 저지선을 경찰이 사다리를 이용해 넘어섰고, 공수처 검사들은 아침 8시40분께 윤 대통령을 체포하고 내부로 진입할 수 있었다. 영장 집행을 앞둔 과정에서 윤 대통령 측은 공수처와 경찰이 먼저 관저에서 3시간여 대치했고 이후 준비가 되는 대로 공수처와 출발할 예정이라며 자진 출석 형식을 고려했지만 결국 윤 대통령은 영상 녹화를 거부한 채 포토 직후 윤 대통령은 영상 메시지를 공개해 "불법 수사이기는 하지만 공수처 출석에 응하기로 했다"며 "헌법과 법체계를 수호해야 하는 대통령으로서 불법적이고 무효인 절차에 응하는 것은 이것을 인정해서는 것이 아니라 불미스러운 유혈 사태를 막기 위한 마음임"이라고 강조했다.

대통령 경호차량과 합승해 공수처 과천 청사로 압송된 윤 대통령은 오전 11시부터 조사를 받기 시작했지만 밤9시30분께 조사를 마친 뒤 경기도 의왕시 서울구치소에 수감됐다. 공수처는 윤 대통령을 상대로 ▲위헌·위법한 비상계엄 선포에 관한 ▲국회의 정치활동을 금지하는 포고령을 발령하고 불법 ▲군과 경찰을 동원해 계엄의 해제를 위한 국회의 표결권 행사를 방해하려 했다는 혐의 등을 조사한 것으로 알려졌다. 윤 대통령은 공수처 검사와 신문에 전날을 거부하는 방식으로 맞섰다. 윤 대통령을 체포한 48시간 구금할 수 있는 윤 공수처는 17일 오전까지 조사를 마친 뒤 구속영장 청구가 가능해 보인다.

윤 대통령이 체포되자 윤석열 즉각퇴진·사회대개혁 비상행동은 "마침내 내란수괴 윤석열을 체포했다. 12·3 비상계엄 이후 44일 넘게 윤석열 퇴진을 요구해온 주권자 시민들의 힘"이라며 환영했다.

정혜민 강재구 조기원 기자 jhm@hani.co.kr

첫날 8시간20분 조사 받고 서울구치소 수감 '내란 우두머리 피의자' 윤석열 대통령이 15일 밤 경기도 정부과천청사 고위공직자범죄수사처에서 8시간20분의 조사를 마치고 구금 시설인 경기 의왕시 서울구치소로 향하고 있다. 윤 대통령은 조사 내내 진술을 거부했다. 공동취재사진

시민들 "나라 혼란 빠뜨린 대통령, 체포되니 안도감 들어"

'새벽 알람 맞춰놓고 뉴스 지켜봐'
두룩 난 관저 앞도 다시 일상으로

"새벽 4시에 일어나 바로 생방송을 봤습니다. 다시야 윤 체포된 눈간 긴장이 풀어지더라고요." 다시야 윤체포된 눈간 긴장이 풀어지더라고요" 그러면서 바뀌었다. 윤석열 대통령이 체포되는 역사적 장면은 똑똑히 지켜보고 싶었어요."

현직 대통령이 헌정사상 처음으로 체포된 15일, 체포영장 집행 시간이 새벽으로 예고된 탓에 시민들의 하루는 평소보다 일찍 시작됐다. 전날부터 서울 용산구 한남동 대통령 관저 앞에서 밤을 지새운 시민들은 윤석열 대통령에 향하는 저지선이 하나씩 돌파될 때 볼렀다. 대통령에 향하지 못한 시민들도 새벽 알람을 맞추고 일어나 생방송을 지켜봤거나 뉴스 속보에도 고정할 반복했다고 한다.

새벽 4시에 일어나 밀려오는 졸음을 참으며 '체포 생방송'을 지켜봤다는 직장인 장호운(29)씨는 한국 민주주의 역사에 기록될 장면을 "꼭 지켜보고 싶었다"며 "공조수사본부가 저지선을 통과할 때 사람의 불복에 올려서 얼마나 많은 이들이 고생했나. 사

회적 자원이 낭비되고 있는 건가 싶어 안타까운 마음도 들었다"고 했다. 새벽 3시30분께부터 함을 맞추고 일어났다는 김아무개(34)씨도, 자 체포 시도 실패 이후로 온 신경이 영장 집행에 접중해 있었다는, 공조수사본부의 진첩 행해 접중해 있었다. 공조수사본부의 진첩 대로 쯤 진행된 것 같아 안심했다"고 했다.

윤 대통령이 체포된 이날 오전 10시33분 관저 앞 체포 촉구 집회에는 탄핵소추안이 가결된 지난달 14일 광장에서처럼 소식시대의 "다시 만난 세계"가 울려퍼졌다. "전날 막차를 타고 새벽 1시에 도착해 밤을 새웠다"는 20대도, "영철이나 잠을 위하기이자 새벽 4

시 반에 관저 앞을 찾았다"는 60대도, "이겼다 이겼다"며 덩실덩실 춤을 췄다.

삼경배찬(80)씨는 "12·3 비상사태 이후 대통령이 국민을 갈라치기 하는 모습에 무력해서 무 슬스러웠는데, 그사람을 놓여 붙이고 말했다. 집과 회사에서 손에 들을 접한 시민들은 내란사 태 이후 안담아 축포 심정을 다스려야 할 가며 다고 했다. 직장인 김아무(70)씨는 "새해나 그러면 지난달 14일 광장에서와 마찬가지로 나라를 혼란에 빠뜨린 대통령이 드디어 체포됐나. 이제 두 번 다시 속임수당하지 않겠다"고 말했다.

고나림 박고은 고민지 함혜혜 기자 me@hani.co.kr

"포고령은 김용현이 잘못 베낀 것" 떠넘긴 윤

'군사정권 계엄 예문…부주의로 간과'
변호인단, 현재 답변에서 '실수' 주장

윤석열 대통령이 12·3 비상계엄 당시 발표한 포고령 1호에 옛 국가 활동 금지 등 위헌·위법인 대목이 포함된 데 대해, 김용현 당시 국방부 장관이 군사정권 시절 계엄 예문을 '잘못 베낀 것'으로 자신이 '부주의로 잘못을 간과했다'는 취지의 답변서를 헌법재판소에 제출했다. 윤

대통령은 "반민주·반민족 제거이라이 민주당 때문"에 비상계엄을 선포할 수밖에 없었으며 "민주당의 독재를 막는 것이 이 시대 우리 민족의 절대 절명 의무"라고도 주장했다.

15일 한겨레의 취재 결과, 윤 대통령 측 변호인 담은 전날 유예(62쪽) 분량의 2차 답변서를 작성해 제출했다. 이 2차 답변서는 공수처에 제출한 것은 아니고 헌재 탄핵심판에 낸 답변서다. 답변서는 포고령 문제에 대해 당시 비상계엄 선포·설명 의무가 있을 당시 작업무 당시 국회를 넘긴 당시 국회의원당의 활동을 전면하이으로 금지하는 것이 이라는 '포고

무장을 없으로 것이 입양관련의 '행기' 때문에 비상계엄 당시 한국의 상황은 전시·사변에 준하는 국가비상사태였다고 주장했다. 윤 대통령 측은 '한에의 부동성'을 설명하여 포고령 1호는 '실수'일 뿐 국회를 장악하거나 국회의원을 체포할 의도가 없었다고 밝혔다. 윤 대통령은 포고령의 위헌·위법성을 인정하는 발언을 한 적은 없다. 윤 대통령이 국회·세금당이 있을 (긴습성) 당시 대응으로 그대로 베어낸 것으로, 문구 차이를 문제 삼기 부주의로 간파한 것"이라며 "포고문 표현이 미숙하였었지만 실제로 국회나 지방의회의 활동을 전면하이으로 금지한 것은 아니다"라고 밝혔다.

오연서 정혜민 기자 loveletter@hani.co.kr

윤석열 체포

사전작업부터 집행까지 7시간	3
체포되는 순간에도 궤변·선동	4
진술 안 하고 영상녹화도 거부	5
김건희는 관저에…경호 유지	6
소방청장 '한겨레 단전·단수' 위증	8

관주 목요일 발행됩니다.
건강한 한겨레

2025년 1월16일 한겨레신문 1면.

12·3 내란
진실과 거짓

12·3 내란, 진실과 거짓

윤석열 대통령이 2025년 1월15일 내란 우두머리 혐의로 체포된 지 한달이 지났다. 헌정사상 처음으로 구속 기소된 대통령은 헌법재판소의 탄핵심판대에까지 올랐지만 "정당한 계엄"이라는 억지로 한국 사회의 분열을 꾀한다. "아무 일도 일어나지 않았다"며 내란을 마치 한때의 소동으로 치부하려 한다.

한겨레는 내란 세력의 거짓과 왜곡에 맞서 단독 입수한 자료와 취재를 바탕으로 지난해 12월3일 있었던 사실을 정확하게 기록하려 한다. 미래에 올바른 기억을 남기기 위해서는 오늘을 올곧게 기록하는 것이 유일한 방법이라고 믿기 때문이다.

/ 강재구 곽진산 배지현 정혜민 정환봉 기자 /

❋ ❋❋ ❋

'헬기 준비지시' 따랐다면
계엄해제 못할 뻔했다

그날 '서울의 밤'엔 12대의 헬리콥터가 어두운 공기를 찢으며 여의도로 향했다. 서울 상공을 가른 12대의 블랙호크 헬기가 국회 본청 뒤편 운동장에 착륙해 97명의 특수부대원을 쏟아 낸 것은 지난해 12월3일 밤 11시49분이다. 대한민국 국군 최정예 특수부대인 육군특수전사령부 소속 707특수임무단의 국회 장악이 시작된 순간이다. 빨간 넥타이를 동여매고 생방송 카메라 앞에 선 윤석열 대통령의 입에서 "비상계엄"이라는 단어가 튀어나온 시각(밤 10시27분)으로부터 1시간22분 뒤였다.

김용현 전 국방부 장관은 지난해 12월5일 언론 인터뷰 등에서 군 투입이 늦어진 이유로 '대통령의 지시'를 들었다. 비상계엄 선포 직후 윤 대통령의 지침이 "경찰 우선 조치, 군은 최소한 1시간 이후 투입"이었다는 것이다. 이는 "경고성 계엄" "두시간짜리 내란"이라는 윤 대통령 주장의 근거가 됐다. 애초 국회를 장악해 계엄 해제 요구 결의안 의결을 막을 목적이 없었다는 주장이었다.

하지만 한겨레 취재 결과 김 전 장관은 비상계엄 당일 낮

✹ ✹ ✹ ✹ ✹

부터 곽종근 전 특수전사령관에게 헬기 대기를 지시한 것으로 드러났다. 곽 전 사령관이 이를 묵살하면서 국회 장악의 첫 단추가 어그러졌을 뿐이다. 만약 헬기를 경기도 이천 특수전사령부에 미리 집결시켜 놨다면 내란 사태는 고작 '두시간' 만에 끝나지 않았을 가능성이 크다.

곽 전 사령관은 검찰 조사에서 비상계엄 당일 낮 1~2시 김 전 장관의 전화를 받았다고 밝혔다. 김 전 장관은 이때 "헬기를 사전에 육군특전사령부에 가져다 두라"고 지시했다. 하지만 곽 전 사령관은 곧바로 김세운 특수전항공단장에게 연락해 "내 지시 없이는 헬기를 띄우지 말라"고 했다. 그는 "혹시나 김 전 장관의 지시를 받아서 특항단 헬기가 움직일까 봐 내 지시 없이 헬기를 움직이지 말라고 했다"고 검찰에서 밝혔다. 이 결정은 계엄군의 날개를 묶었다.

"사령관, 가장 빨리 갈 수 있는 부대가 어딘가?" 김 전 장관이 다시 전화를 걸어온 것은 윤 대통령이 비상계엄 선포 담화 발표를 시작하던 그날 밤 10시25분께였다. 곽 전 사령관은 "707특임단입니다"라고 말했다. 김 전 장관은 "헬기로 빨리 국회로 이동시켜라"라고 지시했다. 곽 전 사령관은 같은 날 밤 10시30분이 돼서야 지역대 등에 있던 12대의 헬기를 이천에 있는 특수전사령부로 전개하라는 지시를 내렸다.

헬기 투입이 늦어지자 김 전 장관은 곽 전 사령관을 독촉

했다고 한다. 곽 전 사령관은 검찰에서 "김 전 장관이 '헬기 왜 안 띄우냐'고 얘기했는데, 이거(김 전 장관 지시 묵살) 때문에 헬기가 늦게 가고 계속 독촉 전화를 받았던 것 같다"며 "미리 사령부에서 헬기를 가져다 두고 준비시켰으면 국회까지 20분이면 갔을 것"이라고 진술했다. 윤 대통령 역시 그날 밤 11시40분께 곽 전 사령관에게 전화해 "국회로 이동 중인 헬기가 어디쯤 가고 있냐"며 이동 상황을 직접 챙겼다.

실제로 그날 국회 출동 명령을 받은 1개 지역대 헬기는 밤 11시20분께 특수전사령부에서 이륙했다. 사령관 출동명령이 떨어지고 50여분 뒤였다. 다급하게 국회로 출발한 특전사 헬기는 비행 목적을 밝히지 않아 수도방위사령부 공역 관리 담당관의 서울 상공 진입 불허로 그날 밤 11시25분부터 31분까지 약 6분간 이천 상공에 묶여 있기도 했다.

707특임단이 국회에 도착했던 그날 밤 11시49분, 국회 주변은 이미 비상계엄 소식을 들은 시민들과 국회 관계자들로 둘러싸였다. 우원식 국회의장은 이미 밤 10시58분 담벼락을 넘어 국회 본청으로 향한 상태였다. 다른 국회의원들도 속속 본회의장으로 모여들고 있었다. 국회 안팎에서는 시민들과 보좌진이 군을 막아섰다. 우 의장은 비상계엄 선포 이튿날인 새벽 1시3분 "재석 190인, 찬성 190인으로 비상계엄 해제 요구 결의안은 가결되었음을 선포합니다"라는 말과 함께 의사봉을 3번 내리쳤다. 그렇게 내란은 156분 만에 진압됐다.

김 전 장관의 지시를 묵살했던 곽 전 사령관도 실제 비상 계엄 선포 뒤에는 무너졌다. 그는 그날 밤 10시50분부터 7차례나 김세운 특수전항공단장에게 전화해 헬기 투입을 재촉했다. 특전사 한 간부는 "곽 전 사령관이 누군가에게 전화로 '왜 헬기가 안 뜨냐, 시동을 걸지 않냐'고 고함을 쳤다"고 검찰에서 진술하기도 했다. 무모한 내란이 막을 내린 뒤 곽 전 사령관은 특전사 지휘통제실에서 혼잣말처럼 "이제 어떻게 해야 하나"라고 말했다고 한다. 그 질문에 대한 답을 가진 이는 없었다.

계엄 목적, 정적 제거에 방점

윤, 작년 10월 비상대권 들먹이며 "이재명은 법으로 안돼"

윤석열 대통령이 지난해 10~11월, 김용현 전 국방부 장관과 주요 군사령관 등이 모인 자리에서 '현재 사법체계에선 이재명 같은 사람을 어떻게 할 수 없다'며 비상대권 필요성을 주장한 것으로 확인됐다. 비상계엄의 목적이 이재명 더불어민주당 대표를 비롯한 '정적'을 제거하기 위한 시도라는 평가가 나오는 이유다.

✹✹✹✹✹

검찰 비상계엄 특별수사본부(본부장 박세현 고검장)는 지
난해 여인형 전 방첩사령관을 조사하면서 비상계엄 당시 체
포 대상자들에 대한 윤 대통령의 비판적인 언급이 있었다는
취지의 진술을 확보했다. 여 전 사령관은 "2024년 10~11월
무렵 윤 대통령이 '현재의 사법체계, 형사소송법, 방탄 국회,
재판 지연 상황에서는 이재명 대표 같은 사람을 어떻게 할
수 없다. 비상대권을 통해 조치해야 한다'고 했다"고 진술한
것으로 전해진다. 2022년 대선 뒤 검찰이 이 대표 수사에 대
대적으로 나서 무더기 기소가 실현되고, 이 대표가 5개의 재
판을 받고 있지만 법원의 확정 판결을 이른 시일 안에 기대하
기 어려운 상황에서 비상계엄이라는 방식으로 이 대표를 체
포하고 처벌하려고 한 것으로 보인다.

이 대표뿐 아니라 비상계엄 당시 체포 명단에 올랐던 인
물들은 대부분 윤 대통령이 부정적으로 평가했던 인물들이
다. 여 전 사령관은 검찰에서 체포 명단에 오른 이들을 윤 대
통령이 평소에 어떻게 평가했는지도 진술했다. 우원식 국회
의장을 두고서 윤 대통령은 "국회의장은 원래 당적이 없는
데 민주당에 편파적으로 국회를 운영"한다고 지적했다고 한
다. 김명수 전 대법원장에 대해선 "재판이 지연되고 유전무죄
같은 사법체계를 만든 사람"이라고 했고, 이학영 국회부의장
은 "젊었을 때 회장 집 쳐들어가서 처벌받은 전과가 있는 사
람이 어떻게 국회의원을 하냐"고 말했다. 이 부의장은 1979년

✳✳✳✳✳

사법체계 무용론 언급한 윤

방탄 국회에 영장 기각·재판 지연…
'이재명 조기 확정판결 어렵다' 판단
계엄으로 이 대표 체포·처벌 노린 듯

윤의 인물 품평이 체포명단으로

"우원식, 당적없는 의장이 야당편만"
"김명수, 재판 지연 사법체계 망쳐"
김민석 형제는 '종북주사파' 싸잡아
윤 의중 반영해 체포조 가동 정황

남조선민족해방전선준비위(남민전)
활동 당시 투쟁 자금을 마련한다는
이유로 최원석 전 동아건설 회장 집
에 침입해 옥살이를 한 전력이 있다.

박근혜 정부 때 대구고검에 좌천
돼 있던 윤 대통령에게 총선 출마
를 권유했을 정도로 가까웠던 양정
철 전 민주연구원장에 대해 윤 대
통령은 "부정선거 관련해 부정적으
로 언급"했다며 배척했다. 조해주 전 중앙선거관리위원회 상
임위원도 부정선거와 연관해 비판했다고 한다. 김민석 더불
어민주당 의원을 두고선 "이재명 대표와 가깝고, 나에 대한
정치적 공격을 많이 했다. 종북주사파 핵심"이라고 평가했고
또 김 의원의 형인 김민웅 촛불행동 대표도 "김 의원과 유사
한 이유로 싫다"고 말한 것으로 전해진다. 방송인 김어준씨
는 "여론조사기관을 운영하며 여론을 조작"했다고 평가한 것
으로 알려졌다. 양경수 민주노총 위원장에 대해선 "민주노총
간첩단 사건과 관련해 부정적으로 언급"했다.

윤 대통령은 지난해 여름 무렵에도 이른바 '품평회'를 이
어갔다고 한다. 여 전 사령관은 당시 경호처장인 김용현 전
장관과 함께 정보사령부 간첩 사건 수사보고를 위해 서울 한
남동 대통령 관저를 찾았는데, 이 자리에서 윤 대통령은 정

✳✳✳✳✳

치인과 민주노총 관계자, 내란 선동 혐의로 유죄 판결을 받은 이석기 전 통합진보당 의원을 부정적으로 언급한 것으로 전해졌다.

여 전 사령관은 검찰 조사에서 "이재명·조국·한동훈에 대해서는 (윤 대통령이) 왜 부정적인지 아실 것"이라며 구체적인 이유는 진술하지 않았다고 한다. 이렇게 윤 대통령이 부정적으로 언급한 이들은 대부분 비상계엄 때 체포 명단에 이름을 올렸다. 체포 명단 작성이 윤 대통령의 의중에서 비롯된 것이라는 점을 증명하는 정황이다.

이들에 대한 체포는 14개팀 2조로 나뉘어 이뤄질 계획이었다. 방첩사 간부들의 검찰 진술을 종합하면, 1조는 이재명·우원식·한동훈 등의 체포를 맡았다. 2조는 조국·김어준·김민웅 등이 대상이었다. 1조의 첫 대상은 이 대표였다. 계엄 당일 방첩사를 떠나 국회로 처음 출발한 것도 이 대표 체포조였다. 2조의 첫 체포 대상은 조국 전 조국혁신당 대표였다.

국회의원들이 계엄 해제 요구 결의안 의결을 위해 국회 본회의장에 모여들 무렵 김용현 전 장관은 여 전 사령관에게 이 대표와 우원식 의장, 한동훈 당시 국민의힘 대표를 우선 체포하라는 지시를 내렸다고 한다. 실제 지난해 12월4일 0시 41분께 국회로 출동한 방첩사 요원들의 단체대화방에는 "기존 부여된 구금인원 전면 취소. 모든 팀은 이재명·우원식·한동훈을 체포하여 구금시설, 수방사로 이동한다"라는 명령이

✳ ✳ ✳ ✳ ✳

올라왔다. 하지만 비상계엄 소식을 전해들은 시민들이 국회를 지켰고 국회의원들이 벽을 넘어 국회 본회의장에 집결하면서 주요 인사 체포 시도는 무산됐다.

이처럼 사전에 체포 명단이 작성되고 이들을 실제로 잡으려고 군까지 출동했지만 내란 세력은 이를 극구 부인하고 있다. 김 전 장관은 1월23일 윤 대통령의 탄핵 재판에서 "윤 대통령에게 정치인 체포 지시를 받은 적이 없다"며 "포고령 위반 우려 대상자를 몇명 불러주며 '동정을 살피라'고 여 전 사령관에게 지시한 것"이라고 주장했다.

부당지시 안 따른 현장 지휘관들

'12·12 장세동'과 달랐던 대령들
"불법 임무 수행 못한다"

12·3 내란이 빠르게 종식된 것은 윤석열 대통령의 의도가 아니라 부당한 지시를 따를 수 없었던 현장 지휘관들의 '최소한의 양심' 때문이었다.

수도방위사령부 현장 지휘관들은 주요 고비마다 사령관의 지시를 이행하지 않았다. 이진우 전 수방사령관으로부터 국회 출동·통제를 지시받은 조성현 수방사 제1경비단장(대령)은 부대원들에게 "시민 안전에 중점을 두고 민간인과 접

촉이나 충돌을 주의하라"는 지시부터 내렸다. 그날 밤 11시 51분, 이 전 사령관은 조 대령에게 "경찰 협조를 받아 국회 울타리 내부로 진입하라"고 거듭 지시했지만, 조 대령은 "현장에 사람이 너무 많아 어렵다"고 답했다.

수방사 후속 부대 44명이 12월4일 0시48분 국회로 출발했다. 조 대령은 비화폰으로 후속 부대에 전화를 해 "서강대교를 넘지 말고 북쪽에 차를 댈 수 있는 곳에서 차를 대고 기다리라"고 지시했다. 군이 국회로 계속 집결하는 모습을 시민에게 보이지 말아야 한다는 판단이었다. 같은 날 새벽 1시께에는 "국회 본청 내부 진입 뒤 국회의원을 끌어내라"는 이 전 사령관의 지시를 받았지만, "단독으로 할 수 있는 작전이 아니다"라고 답변했다. 조 대령은 검찰에서 "법은 모르지만 하면 안 될 것 같다는 생각이 분명히 들었다"고 진술했다.

중앙선거관리위원회 서버 확보와 주요 정치인 체포 임무가 떨어졌던 국군방첩사령부에서도 문제 제기가 이어졌다. 지난해 12월4일 0시2분, 여인형 전 방첩사령관으로부터 "중앙선관위 전산센터를 통제하고 서버를 카피해라. 카피가 어려우면 서버 자체를 떼오라"는 지시가 떨어지자 정성우 1처장(대령)은 법무실로 가서 논의했고 윤비나 법무실장(대령)을 포함한 법무관 7명 전원은 "헌법 및 계엄법에 위반된다"며 반대했다.

정 대령은 경기도 과천등 선관위로 출동한 군인들에게

✱✱✱✱✱

도 "원거리 대기하고 절대 건물로 들어가지 말라. 최대한 멀리 떨어져 있으라"는 지시를 별도로 내렸다고 한다. 선관위에 먼저 투입돼 전산실을 장악한 정보사령부 요원들이 서버를 인계할 방첩사 팀을 기다렸지만 그들이 오지 않은 이유다.

영관급 간부들은 윗선의 증거인멸을 막기도 했다. 박성하 방첩사 기획관리실장(대령)은 지난해 12월4일 새벽 1시1분 국회에서 계엄 해제 요구 결의안이 통과되자 "임무 중지하고 전원 복귀하라", "모든 문서를 절대 건드리지 말라"고 전파했다. 같은 날 오전 10시께 체포 명단이 없었다는 '가짜 메모'를 만들라는 '사령관님 지시'가 떨어졌지만 현장 지휘관들은 "사령관 지시사항은 위법하다"며 이를 이행하지 않았다.

내란의 기록

동원 대상	군경	5395명(군 1605명·경 3790명)
	군부대	국군방첩사령부, 육군특수전사령부, 수도방위사령부, 정보사령부
	탄약	20만4329발(반출 6만5230발)
	헬기	블랙호크 12대
	군용 차량	107대

장악 시도 기관

국회, 중앙선거관리위원회(과천청사, 관악청사, 수원 선거연수원), 더불어민주당 당사, 여론조사꽃

단전·단수 대상

한겨레, 경향신문, 문화방송, 제이티비시, 여론조사꽃

체포 대상

우원식	국회의장	조해주	전 중앙선관위 상임위원
이재명	더불어민주당 대표	양경수	민주노총 위원장
한동훈	국민의힘 대표	양정철	전 민주연구원장
조국	조국혁신당 대표	김민웅	촛불행동 대표
이학영	국회부의장	김명수	전 대법원장
박찬대	민주당 원내대표	김어준	방송인
정청래	법제사법위원장	김동현	부장판사
김민석	민주당 최고위원	권순일	전 대법관

계엄 해제 찬성 의결 국회의원 190명

탄핵안 표결 결과 찬성 204·반대 85·기권 3·무효 8

자료: 검찰 비상계엄 특별수사본부, 안규백·백승아 더불어민주당 의원실

2 / 계엄 국무회의 '절차적 흠결'

국무위원 최소 7명
"계엄 국무회의 아니었다"

"국무위원이 대통령실에 간담회 하러 오거나 놀러 왔다는 건 말이 안 되는 얘기다."

윤석열 대통령은 2월11일 자신의 탄핵심판에서 '12·3 비상계엄' 선포 전 열린 국무회의가 정상적으로 이뤄졌다고 주장하며 이렇게 말했다. 하지만 한겨레가 단독 입수한 자료와 취재를 종합하면, 국무회의에 참석한 국무위원의 최소 7명 이상은 수사기관 등에서 절차적 흠결을 이유로 "국무회의가 아니다"라고 진술했다. 나아가 최소 8명 이상이 비상계엄에 반대했고, 일부 위원은 비상계엄에 반대의사를 밝힐 시간조차 없었다.

국무위원들은 수사기관에서 '국무회의가 정상적이지 않았다'고 입을 모았다. 김영호 통일부 장관은 검찰에서 "이건 국무회의가 아니고 국무위원들의 회의 (혹은) 만남"이라고 진술했고, 조규홍 보건복지부 장관 역시 "안건 상정, 설명, 찬반 여부 표시, 의결 절차가 이행되지 않았다. 국무회의가 아니다"라고 밝혔다. 오영주 중소벤처기업부 장관은 "도착 뒤 대통령 담화까지 짧은 시간이라 대응도 하지 못했다"고 진술했다. 최상목 대통령 권한대행 부총리 겸 기획재정부 장관 역시 경찰 조사에서 "회의가 아니었고 접견실에서 대기하는 분위기"였다고 밝혔다.

애초 윤 대통령이 국무회의를 정식으로 열어 비상계엄을 심의할 생각이 있었는지도 의심스럽다. 윤 대통령은 비상계엄 당일 저녁 8시께 6명의 국무위원만 소집했다. 한덕수 국무총리, 박성재 법무부 장관, 김영호 통일부 장관, 조태열 외교부 장관, 김용현 전 국방부 장관, 이상민 전 행정안전부 장관 등이다. 국무위원들을 추가 소집한 이는 한 총리였다. 조규홍 장관은 '윤 대통령이 국무회의 개의 요건을 채우기 위해 국무위원들을 기다린 것 아니냐'는 검사의 질문에 "그분이 그런 생각을 할까요"라고 답변했다. 이어 "계엄을 앞두고 긴박한 상황이어서 숫자 같은 것을 생각했을 것 같지 않다"고 덧붙였다.

당시 국무회의가 흠결투성이였다는 점은 최 대행의 행동에서 극적으로 드러난다. 최 대행은 검찰 조사에서 "(국무회의 때) 누군가 와서 '사인을 해달라'라고 했다. 그래서 '무슨 사인이냐'고 묻자 '출석했는지에 대한 사인이다'라고 했다"며 "'국무회의의 외관을 갖추려고 하는 거구나'라는 생각이 들어 자리에서 벌떡 일어나서 '저는 사인 못 합니다' 하고 나왔다"고 진술했다.

한편 대통령비서실이 수사기관에 제출한 공문을 보면, 비상계엄 당일 국무회의는 밤 10시17분부터 단 5분간 진행됐다.

✳ ✳ ✳ ✳

국무회의 재구성해보니

"강하게 반대 말했지만 화만 냈다"…
윤석열 '답정너' 계엄

"법치주의를 누구보다 신봉하는 제가 오죽하면 이런 생각을 했겠습니까?"

12·3 비상계엄 선포를 1시간30분가량 앞둔 지난해 12월3일 밤 9시께 윤석열 대통령은 자신의 집무실을 찾은 조태열 외교부 장관을 격한 목소리로 질책했다. 비상계엄 선포 계획을 뒤늦게 들은 조 장관이 "70년간 대한민국이 쌓은 성취가 한꺼번에 무너진다"며 재고하라는 의사를 표했기 때문이다. 윤 대통령은 언짢은 말투로 "내 개인을 위해 이렇게 하는 거라 생각하냐", "종북좌파들을 이 상태로 놔두면 나라가 거덜나고 경제든 외교든 아무것도 안 된다", "단기적인 어려움은 있겠지만 외교정책에 전혀 영향 없을 거다"라며 조 장관을 쏘아붙였다. 조 장관도 물러서지 않았다. 그는 "그동안 야당에서 계엄 얘기만 나오면 정부는 '말도 안 된다'며 일축해왔는데 국민을 어떻게 설득할 겁니까"라고 맞받았다. 윤 대통령은 질문에 답은 피한 채 "국정이 마비돼 국가 운영이 어렵다"며 계엄 선포의 뜻을 굽히지 않았다.

한겨레 취재 결과, 윤 대통령은 계엄 선포 직전 경제·외교·안보 등 각종 사유를 근거로 계엄에 반대한 국무위원들 의견

윤 "법치 신봉하는 내가 오죽하면"
애초 위원 6명만 소집 '통보' 시도
한덕수가 설득해 다른 위원들 호출

조태열 외교 "대한민국 성취 무너져"
최상목 부총리 "국가 신인도 치명타"
윤 "내게 권한" "설득 말라" 일방 선포

을 모두 외면한 채 '답정너'식 계엄을 선포한 것으로 드러났다. 형식과 실질 측면에서 비상계엄 선포를 위한 '국무회의'가 이뤄지지 않았다는 지적이 나오는 이유다.

윤 대통령은 계엄 직전 뒤늦게 대통령실을 찾은 국무위원과 대통령실 관계자들의 계엄 만류 의견을 모두 뿌리쳤다. 앞서 윤 대통령은 당일 저녁 8시께 한덕수 국무총리와 조 장관 등 국무위원 6명만 소집해 회의가 아닌 '통보'를 진행하려 했지만, 한 총리의 설득으로 다른 국무위원들도 대통령실로 호출됐다. 계엄 소식에 "귀를 의심했다"는 최상목 대통령 권한대행 부총리 겸 기획재정부 장관은 검찰 조사에서 "계엄은 경제와 국가 신인도에 치명적인 영향을 준다. 절대 안 된다"며 언성을 높이며 반대 의사를 밝혔다고 한다. 조태열 장관은 대통령 설득에 실패한 뒤 회의실로 복귀한 최 대행이 "내가 '강하게 말했지만 (대통령은) 화만 냈다'고 했다"고 검찰 조사에서 밝히기도 했다. 계엄 사실을 받아들이기 어려웠던 두 장관은 김용현 전 국방부 장관을 향해 "이건 아니지 않냐"(최상목 대행) "어떻게 일을 이 지경으로 만드냐"(조태열 장관)고 따졌다고도 한다.

대통령을 지근거리에서 보좌하는 정진석 비서실장의 설득

✳✳✳✳✳

도 통하지 않았다. 홍철호 대통령비서실 정무수석은 검찰 조사에서 "선후 관계는 기억 안 나나, 정진석 비서실장이 '비상계엄은 안 된다'고 대통령께 말씀드리니, 대통령께서 '저를 설득하지 말라'(또는 '설명하지 말라')고 했다"라고 진술한 것으로 전해졌다.

모든 이들의 만류를 뿌리친 윤 대통령은 회의실을 찾아 비상계엄 선포를 '통보'했다. 당시 국무위원들은 윤 대통령이 "여러분이 걱정 많이 하지만 누구와 의논하지 않았다" "대통령의 결단이다" "비상계엄 선포 권한은 내게 있다" 등의 발언을 일방적으로 쏟아냈다고 검찰 조사에서 진술했다. 이후 윤 대통령은 브리핑실로 이동해 밤 10시23분 대국민 담화를 통해 계엄을 선포했다.

이날 국무회의는 의결 정족수(11명)를 채우는 데에만 급급했다. 국무회의에 가장 늦게 도착한 국무위원인 오영주 중소벤처기업부 장관은 그날 밤 9시42분부터 10시11분까지 29분 사이 대통령실 관계자로부터 "빨리 (대통령실로) 들어오라"는 독촉 전화만 4차례 받았다. 오 장관이 밤 10시17분에 회의장에 도착하면서 국무회의는 정족수를 넘겼지만, 회의는 5분 뒤 마무리됐다.

3

군 철수는 '윤 지시'라는데 들은 사령관이 없다

"계엄 해제 요구 결의 나오자마자 장관과 계엄사령관을 제 방에 불러 군 철수를 지시했습니다."

윤석열 대통령은 1월23일 탄핵 재판 때 이렇게 주장하며 국회의 비상계엄 해제 요구 결의안을 곧바로 수용해 군을 철수시켰다고 했다. '경고성, 대국민 호소용'이었기에 국회의 해제 요구를 곧바로 수용한 것이고 제2·3의 계엄 계획도 없었다는 뜻을 담고 있다. 그러나 김용현 전 국방부 장관은 검찰 조사에서 "(윤 대통령에게) 철수 건의를 드리고 대통령께서 승인하셔서 그에 따라 철수를 지시"했다며 "(새벽) 2시쯤 철수 건의를 드린 것 같다"고 진술했다. 두 사람의 주장은 약간 차이가 있다. 그러나 어느 쪽이든 사실과는 거리가 멀어 보인다.

한겨레가 비상계엄 때 동원된 군사령관들의 검찰 진술 등을 분석한 결과, 윤 대통령이나 김 전 장관의 지시를 받고 병력이 철수한 경우는 없었다. 국회와 중앙선거관리위원회, 더불어민주당 당사, 여론조사꽃 등 가장 많은 곳에 병력을 보냈던 곽종근 전 육군특수전사령관은 자신의 판단에 따라 철

* * * *

수 지시를 내렸다고 했다. 곽 전 사령관은 지난해 12월4일 새벽 1시3분 국회에서 비상계엄이 해제된 지 6분 뒤인 1시9분 김 전 장관에게서 걸려온 전화를 받고 "국회뿐만 아니고 선관위 등 전부 철수하겠다고 말씀드렸다"고 검찰에서 진술했다. 이에 김 전 장관은 "알았다"면서도 "조금만 더 버텼으면 좋았을 텐데"라고 아쉬움을 나타냈다고 한다.

이진우 전 수도방위사령관은 검찰에서 국회로 출동했던 조성현 1경비단장이 철수하겠다고 보고하자 이를 승인했다. 이 전 사령관은 "조성현이 '특전사가 철수합니다. 저희도 철수하겠습니다'라고 해서 '특전사가 모여 있는 데 같이 있다가 인원·장비 확인해라. 내가 가서 인원·장비 확인하겠다'고 했는데, 국회 안으로 못 들어가서 확인을 못 했다"며 "조성현이 전화가 와서 '인원·장비 이상 없습니다'라고 해서 '철수해라'라고 했다"고 진술했다. 이 전 사령관이 조 단장의 철수를 승인한 시각은 새벽 1시40분께로 추정된다.

문상호 전 정보사령관은 검찰에서 "국회에서 비상계엄을 해제해야 한다는 의결을 했다는 내용을 봤다"며 "상황이 끝난 이상 우리 병력을 그곳에 둘 수도 없었기 때문에 새벽 1시30분경 팀장에게 우리 병력을 철수하라고 지시했다"고 진술했다. 실제 선관위에 출동한 정보사 간부의 진술도 문 사령관과 일치한다.

새벽 3시23분에야…
김용현 '중과부적' 말하며 첫 철수 지시

국회가 지난해 12월4일 오전 1시3분 비상계엄 해제 요구 결의안을 의결하자마자 군에 철수를 지시했다는 주장은 윤석열 대통령의 헌법재판소 진술뿐이다. 수사기록에서 처음 드러나는 계엄 수뇌부의 공식적인 첫 철수 지시는 김용현 전 국방부 장관이 한 것으로, 정확한 시점은 같은 날 새벽 3시23분이다. 윤 대통령이 이보다 앞선 새벽 3시께 박안수 전 계엄사령관(육군참모총장)에게 군 철수를 지시했지만 박 전 사령관은 이를 공식적인 철수 지시로 받아들이지 않았다. 철수 지시가 윤 대통령의 자발적 의사에 따른 것이라고 보기도 어렵다. 이보다 앞서 이미 특수전·수도방위·방첩·정보사령부가 자체 판단으로 병력을 거두고 있는 상황이어서, 윤 대통령은 철수 지시를 내릴 수밖에 없었던 것으로 보인다.

한겨레 취재 결과 박 전 사령관은 검찰 비상계엄 특별수사본부(본부장 박세현 고검장)에서 "(합동참모본부 지휘통제실에 있다가) 장관이 따라오라 해서 장관 차를 타고 대통령실로 갔다"며 "(대통령실 도착 뒤) 장관이 잠깐 오라고 해서 갔더니 장관과 대통령이 계셨다. 대통령이 '내려가서 (군이) 철수할 수 있도록 하라'고 해서 나 혼자 나왔다"고 진술했다.

❋❋❋❋❋

윤, 새벽 3시께 철수 지시?

박안수 "직속장관 명령 안 떨어져"
육본참모진 서울이동 지시 '헛발질'
국회·선관위 병력 이미 철수 상황

김용현, 새벽 2시께 윤에 철수 건의?

2시13분께 선관위에 재진입 요구
곽종근 거부…김 주장 신빙성 의문
계엄해제 2시간20분 뒤에야 '철수령'

검찰이 확인한 출입기록 등을 보면 윤 대통령이 박 전 사령관에게 군 철수를 지시한 시각은 새벽 3시 안 팎으로 보인다.

박 전 사령관은 윤 대통령의 철수 지시가 있었음에도 이날 새벽 3시 3분께 충남 계룡시 육군본부에서 계엄사령부 구성을 위해 대기하고 있었던 34명의 참모진에게 서울로 이동하라고 지시했다. 박 전 사령관은 "대통령이 철수를 이야기하였으나 직속상관인 장관의 말을 들어야 한다고 생각"했다며 "장관의 최종 철수 명령이 안 떨어져서 상황이 완전히 종료된 것은 아니라고 생각"했다고 답변했다. 최종적인 철수 지시로 여기지 않았다는 것이다.

김 전 장관이 윤 대통령에게 새벽 2시께 철수 건의를 하고 철수를 지시했다는 주장도 신빙성이 떨어진다. 김 전 장관은 새벽 2시13분께 곽종근 전 특전사령관에게 전화를 걸어 선관위 병력 재투입을 요구했다. 당시 곽 전 사령관과 함께 있었던 특전사의 한 부대장은 "이제 이 작전의 목적도 알겠고 실패했다는 것도 알겠고 지금 우리가 해야 하는 일은 최대한 이 사태를 수습하는 데 집중하는 것으로 보이는데 장관이 전화로 선관위가 어쩌고 그런 지시를 하니 당시 너무 어이가 없어서 이것은 꼭 기록해야겠다 생각해 시간까지 기록했다"고 밝혔다. 곽 전 사령관도 김 전 장관의 선관위 병력 재투입 요구를 거부했다.

이런 상황을 거쳐 비상계엄 지휘부가 계엄군에 철수를 지시한 시점은 새벽 3시23분께다. 국회의 비상계엄 해제 요구 결의안이 가결된 새벽 1시3분부터 2시간20분이 지나서야 국방부 장관의 공식적인 철수 지시가 각 사령부에 전달된 것이다. 이어 새벽 4시30분 한덕수 국무총리가 주재한 국무회의에서 해제안을 의결하면서 비상계엄 상황은 종료됐다.

김용현, 지휘관회의 '중과부적' 발언 전문

김용현 전 국방부 장관은 지난해 12월4일 새벽 3시23분 주요 지휘관 화상회의를 통해 '중과부적'이었다며 군 철수를 처음으로 지시했다. 중과부적은 '적은 수로는 대적할 수 없다'는 뜻으로, '군에 맨몸으로 맞서 비상계엄을 저지했던 시민을 적으로 상정한 것이냐'는 비판이 나오기도 했다. 다음은 당시 화상회의 발언 전문.

우리 군이 통수권자이신 대통령님의 명을 받들어 임무를 수행했습니다. 그러나 중과부적으로 결과가, 우리가 원하는

✳ ✳ ✳ ✳

결과가 되진 않았지만 그래도 우리는 우리의 할 바를 다 했다고 생각합니다. 내가 서두에도 얘기했지만, 이 모든 것은 장관이 책임을 진다. 여기 있는 작전사령관 이하 모든 분들은 난 책임을 물어서는 안 된다고 생각합니다. 그래서 모든 책임은 장관이 질 테니까 여러분들에게 노고를 치하하고, 군인으로서 명령에 충실한 여러분들의 충심에 장관은 아주 감사하게 생각하고 노고를 치하합니다. 수고 많았고 안전하게 병력들 잘 철수해 주기 바랍니다.(중략)

마지막까지 안전에 이상 없이 잘 복귀할 수 있도록 관심을 갖고 챙겨주시기 바랍니다. 우리 장병들 복귀하면 장관을 대신하여 우리 사령관님들께서 잘 격려하고 위로해주길 바랍니다. 여러 가지 어려운 여건에서 임무를 완수해준 우리 수방사, 방첩사, 특전사, 지작사 그리고 여기에 함께하고 있는 우리 지통실 참모들, 합참의장님 포함해서 모든 분들께 고맙게 생각합니다. 수고했습니다. 자 마무리하고 안전하게 마지막까지 챙겨주기 바랍니다. 수고하셨습니다.

체포지시 안했다는데…
계엄 한달전 구금계획 있었다

"제가 국회의원을 체포하거나 본회의장에서 끌어내라고 했다
는 것은 정말 터무니없는 주장입니다."

윤석열 대통령은 2월25일 헌법재판소 최종변론에서 계엄
당시 국회의원 체포 지시는 없었으며 '질서 유지'를 위해 국회
에 계엄군을 투입한 것이라고 강변했다. 하지만 한겨레 취재
결과, 여인형 전 방첩사령관은 계엄 한달여 전부터 김용현 전
국방부 장관으로부터 '포고령 위반자 최우선 검거' 이야기를
듣고, '합동수사본부 구금시설'이 어딘지 질문을 받은 것으
로 확인됐다. 여 전 사령관의 휴대전화에 계엄 당시 체포 명
단에 오른 이들의 이름이 무더기로 메모된 것도 이 무렵이다.
윤 대통령의 주장과는 달리 계엄 전부터 국회의원을 비롯한
주요 정치인 체포·구금을 위해 사전계획을 촘촘히 짠 것으로
보이는 정황들이다.

검찰은 비상계엄 한달 전께인 지난해 10월27일 여 전 사령
관이 작성한 메모를 확보했다. 메모에는 '포고령 위반 최우
선 검거 및 압수수색', '휴대폰, 사무실, 자택 주소 확인', '행
정망, 경찰청, 건강보험 등'이 적혀 있었다. 여 전 사령관은

✳✳✳✳✳

또 검찰 조사에서 "(지난해 10월 무렵) 갑자기 장관님이 합수본 구금시설이 어디냐 물어봤다"며 "(김 전 장관은) '내가 수방사령관 해서 잘 아는데 비(B)1벙커를 활용해도 될 거야'라고 말했다"고 진술했다.

지난해 11월9일 여 전 사령관 휴대전화 메모엔 우원식·이재명·한동훈·조국·최재영 등 주요 인사 14명의 명단이 적혔다. 대부분 비상계엄 당시 체포 명단과 겹친다.

여 전 사령관은 명단에 대해 평소 대통령과 장관의 인물평 등을 기록해 둔 것뿐이라고 진술하지만, 체포 명단은 조지호 경찰청장과 홍장원 전 국가정보원 1차장의 진술에서도 등장한다. 나아가 비상계엄 당시 방첩사뿐 아니라 경찰과 국방부 조사본부가 주요 인사 체포에 동원된 정황도 드러나고 있다. 이 때문에 국회의원 등에 대한 체포를 염두에 둔 적 없다는 윤 대통령의 주장은 설득력이 없어 보인다.

'의원 체포지시 없었다' 허구성 정황

조지호 "'방첩사가
한동훈 체포 5명 요청' 국수본 보고받아"

경찰청 국가수사본부가 계엄 당시 '정치인 체포조 지원 의혹'에 대해 부인하고 있는 가운데, 검찰이 조지호 경찰청장으로

✳✳✳✳✳

지난 1월 검찰조사서 진술
계엄 당일 윤승영 조정관이 보고
'합수부 수사관 100명 요청' 사실도

녹취록엔 '의원체포' 인지 정황
계엄밤 국수본 계장, 경찰요청 전화서
형사과장이 "뭘 체포하나" 묻자
"누구 체포하겠냐, 국회 가면" 대답
'길안내 목적'이라던 주장과 차이

부터 윤승영 국가수사본부 수사기획조정관(치안감)이 '방첩사가 한동훈 체포조 지원 인력을 요청했다'는 내용의 보고를 했다는 진술을 확보했다. 조 청장 진술 외에도 검찰은 국수본 관계자가 국군방첩사령부의 국회의원 체포 목적을 알면서 국회 쪽으로 지원 인력을 보낸 정황이 담긴 녹음파일도 확보했다.

한겨레 취재 결과, 조 청장은 지난 1월 검찰 비상계엄 특별수사본부(본부장 박세현 고검장) 조사에서 "비상계엄 당일 밤 11시59분쯤 윤 조정관이 '방첩사가 한동훈 체포조 5명 지원 요청을 했다'는 내용을 보고했다"는 취지로 진술했다. 이때 윤 조정관은 방첩사가 합동수사본부 구성을 위해 수사관 100명을 준비해달라고 요청했다는 사실도 함께 보고했다고 한다. 이에 조 청장은 "5명의 체포조가 한동훈 당시 국민의힘 당대표 1명을 체포한다고 생각했고, 체포에 신중을 기해야 한다고 생각해서 액션하지 말고 준비만 하라고 말했다"고 검찰에 진술했다.

앞서 구민회 방첩사 수사조정과장 역시 이현일 국수본 수사기획계장에게 이재명·한동훈이 체포 대상이라는 사실을 말한 바 있다고 검찰에서 진술해왔는데, 구 과장과 조 청장

❋ ❋ ❋ ❋ ❋

의 진술이 맞다면 '구민회→이현일→윤승영→조지호' 순으로 '한동훈 체포 지원 요청' 사실이 전달된 것이다. 다만 경찰은 실제 체포조 지원 인력을 국회로 보냈고 '누가 이들에 대한 파견을 최종적으로 지시했는지'를 놓고선 윤 조정관과 조 청장의 진술이 서로 엇갈리는 상태다. 이에 검찰은 국수본과 국방부 조사본부를 상대로 비상계엄 당시 체포조 지원 등에 대한 수사를 진행하고 있다.

또 한겨레가 입수한 이 계장과 박아무개 서울 영등포경찰 서 형사과장의 통화 녹취록에 따르면, 영등포서 형사과장 역 시 '정치인 체포조 지원' 목적을 알고 영등포서 형사들을 국회 쪽으로 보낸 것으로 보인다. 이 계장은 비상계엄 당일 밤 11시 57분께 박 과장에게 전화해 "방첩사에서 지금 국회에 체포조를 보낼 거야. (방첩사를) 인솔하고 같이 움직여야 될 형사들이 5 명 필요해"라고 말한 것으로 확인됐다. 당시 방첩사는 우원식 국회의장, 이재명 더불어민주당 대표, 한동훈 전 국민의힘 대 표 등 14명을 체포하기 위해 국회 쪽으로 출동했는데, 국수본 간부 역시 이런 상황을 인지했던 정황이 드러난 것이다.

이후 이 계장은 5분 뒤쯤 다시 박 과장에게 전화를 걸어 상부 보고를 마쳤다면서 "경찰인 거 티 나지 않게 사복으로 보내라", "형사조끼 입히지 마라"고 말했고 방첩사를 지원 할 형사 명단을 요구했다. 이에 박 과장은 "뭘 체포하는 거 냐"고 물었고, 이 계장은 "누구 체포하겠냐, 국회 가면"이라고 반문했다. 또 이 계장은 "일이 커"라며 "넌 왜 또 이럴 때 영등포(경찰서)가 있니. 빨리, 빨리 명단 줘"라고 말했다. 이후 실제로 영등포서 형사들은 국회 현장에 파견돼 방첩사 체포조를 기다렸지만, 방첩사 인원들이 현장에 도착하지 못하면서 만남은 불발됐다.

이와 관련해 이 계장은 지난해 12월23일 국회 행정안전위원회 전체회의에 나와 "국회의원까지 체포할 것이라고는 생각하지 못했고 계엄법 위반으로 계엄사범이 생길 수 있다고 생각했다"고 밝힌 바 있다. 이후 이 계장은 검찰에서 '계엄 종료 뒤 언론 보도를 통해 계엄군이 국회의원들을 체포하려 했을 수 있겠다고 생각했다'고 진술했다. 박 과장은 12월4일 오전 이 계장에게 전화해 "나를 나락으로 떨어뜨리려고 하셨냐", "하지 말라고 했어야죠" 등의 말을 한 것으로 알려졌다.

경찰은 '이 계장이나 박 과장 모두 국회의원 등 체포 목적의 파견 인원인 줄 몰랐다'는 입장이다. 국수본 관계자는 "두 사람의 전체 녹취를 보면 특정인 체포에 대한 이야기가 전혀 없고 체포 대상이 누군지 모르겠다는 이야기도 있다. (이 계장이) '체포 대상이 누군지 모르겠는데 느낌이 묘하다' 이런 말도 한다"며 "정말 특정인을 체포한다는 것을 알았다면 이 계장이 박 과장에게 말을 해줬을 것"이라고 설명했다.

검찰은 2월28일 방첩사 체포조 지원 인력을 보낸 혐의 등으로 이 계장의 상관인 윤승영 조정관을 내란중요임무종사

* * *

혐의로 기소했다. 또 이 계장에 대해서도 추가 수사를 진행 중인 것으로 알려졌다.

한편, 검찰은 지난 비상계엄 당시 국수본의 방첩사 지원이 지난해 6월 양 기관이 맺은 업무협약(MOU)에서 비롯된 것이라고도 의심하고 있다. 국수본과 방첩사는 지난해 6월 '안보범죄 수사 협력에 관한 업무협약'을 체결했다. 업무협약에는 "합동수사본부 설치 시 (경찰이) 편성에 부합한 수사관 및 장비, 차량 등을 지원"한다는 내용이 포함됐다. 지난 비상계엄 당시 방첩사는 경찰 쪽에 체포조(안내조) 지원 명목의 형사 10명 외에도 수사관 100명과 차량 20대 지원을 요청한 바 있다. 이와 관련해 당시 업무협약을 담당한 방첩사 관계자는 "(업무협약의 합수본은) 계엄 시 설치되는 합수본을 의미"한다고 검찰에 진술했다.

계엄 동원 군인들
"트라우마 시달려"

"호수 위에 떠 있는 달그림자 쫓아가는 느낌."

윤석열 대통령이 2월4일 헌법재판소 탄핵심판 5차 변론에 출석해 "이번 사건을 보면서 실제 아무런 일도 일어나지 않았는데 뭐 지시를 했니, 받았니"라고 하면서 한 말이다. 당시 증인으로 출석한 이진우 전 수도방위사령관이 자신의 형사사건이 진행 중이라는 이유로 침묵하자, 윤 대통령이 이를 이어받아 비상계엄 과정에서 실제 아무런 일이 일어나지 않았다고 강조하며 탄핵 소추한 국회 쪽을 비판한 것이다.

그렇게 윤 대통령이 비상계엄 합리화의 이유를 찾는 동안, 12·3 비상계엄 당시 임무가 무엇인지도 모른 채 국회 등으로 출동한 군인들은 자괴감 속에서 하루하루를 보내고 있다. 많은 군인이 외상 후 스트레스 장애(PTSD)를 겪었다며 병원 치료를 받고 있다. 이들이 겪고 있는 고통은 '아무런 일이 없었다'는 말로 설명되지 않는다.

한겨레 취재 결과, 검찰 조사에 나온 군인들은 자괴감을 느꼈다고 입을 모았다. 국회에 출동한 육군특수전사령부 ㄱ소령은 "14년 군 생활에 회의감이 들었다"고 했다. 그는 비상계엄 당일 부대원들과 볼링을 치다가 밤 10시30분께 비상 소집 문자를 받고 국회로 출동해 담을 넘었다. 그러나 당시 시민들 저항으로 별다른 행동을 하지 못했다. 그렇게 대치하면서 무언가 잘못됐음을 느꼈다고 한다.

ㄱ소령은 이후 검찰 조사에서 "분위기가 많이 안 좋다. 저를 포함해 피티에스디 상담을 받는 인원이 20명이 된다. 가족들도 많이 힘들어했다. 그러나 상급 부대는 '일상으로 돌아가라'며 무책임한 면을 보여줬다. 많이 답답하다"고 진술했다. ㄱ소령과 함께 출동한 특수전사령부 ㄴ대위는 "비상계엄 상황 이후 3~5일간 힘들었다. 부대원들은 겉으로 보기에는 괜찮은 척을 하는데 실상은 다들 회의감을 많이 느끼는 것 같다"고 말했다. '의원을 끌어내라'는 지시를 받은 특수전사령부의 ㄷ중령도 "많은 인원이 스트레스를 받고 있고 100여명의 병력이 병영 상담관의 상담과 외부 병원의 정신치료를 받고 있다"며 "자괴감을 갖고 있고 저도 상담을 받고 속상해서 눈물을 흘렸다"고 했다.

707특수임무단을 태우고 국회로 진입한 헬기를 통제한 김세운 특수전사령부 특수작전항공단장은 "모든 책임은 정확히 상황 파악도 하지 못한 채 부하들에게 위험한 지시를 내린 저에게 있다고 생각한다"며 "제가 언제까지 단장으로 근무하게 될지는 모르겠지만 저는 조종사들이 당시 느꼈던 자괴감을 모두 회복시켜준 후에 물러날 생각"이라고 했다.

❋❋❋ ❋

707특임단의 김현태 단장도 검찰 조사에서 "일부 부대원들은 군 생활에 대한 회의감을 느끼고, 주변 사람들을 만나는 것을 꺼리는 등 힘들어했다"며 "피티에스디 상담 같은 것도 진행하고 있다. 우리 부대원들은 정치적인 수단으로 이용됐다고 생각하고, 정말 아무것도 모르는 상태에서 단지 그 투입됐을 뿐인데 이런 대우를 받고 있어 안타깝다"며 부대 상황을 전했다.

중앙선거관리위원회로 출동했던 국군방첩사령부 소속 군인들은 부대가 다시 '정치적'으로 이용됐다는 것에 자괴감을 느꼈다. 방첩사의 전신인 국군보안사령부는 1979년 12·12 군사반란의 주역이었다. 당시 부대장은 전직 대통령 전두환이었다. 국군기무사령부로 이름을 바꾼 뒤인 2018년에는 박근혜 전 대통령의 탄핵 기각에 대비한 계엄령 선포를 계획했다는 문건이 드러나고, 세월호 유족 사찰 등 부대가 정치적으로 활용됐다는 논란이 이어지면서 문재인 정부에서 폐지되어 군사안보지원사령부로 재창설됐다. 윤 대통령 취임 뒤에는 또다시 방첩사로 이름이 바뀌었다.

방첩사 소속 ㄹ대령은 "계엄에 방첩사가 개입됐을 수 있겠다 싶어 매우 불안한 마음이었는데 그 염려가 사실이었다"며 "2018년 계엄 문건 때 조직이 와해될 때 사령부에 있었다. 방첩사 내에 또 이런 일이 있으리라고 정말 상상도 못 했다"고 진술했다.

✸✸✸✸✸

　노상원 전 정보사령관 주도하에 선관위 장악 임무를 맡았던 정보사령부의 ㅁ소령은 "가담했던 인원들이 저를 포함해서 모든 일과를 전폐하고 공황 상태였다"며 "항상 임무 수행을 하면서 동시에 또 청렴에 대한 교육도 받는다. 그런데 이번에 비상식적인 임무 부여를 받으면서 기존에 교육받으면서 형성한 군인정신이 모두 무너진 것 같다. 이 트라우마를 가지고 어떻게 앞으로 계속 일을 해나가야 할지도 걱정"이라고 했다. 정보사 ㅂ대위 역시 "보안이 생명인데 이런 일로 지금까지 힘들게 쌓아왔던 것들이 무너지는 것 같아 참담한 심정"이라고 진술했다.

12월3일 국회·선관위 피해 상황

선관위 들이닥친 계엄군, 총 든채 직원들 '입틀막'

"계엄령이다. 계엄군이다. 서버실이 어디냐."

　비상계엄이 선포된 지난해 12월3일 밤 10시38분 경기 과천시 중앙선거관리위원회 통합관제실에서 근무하던 파견 직원 앞으로 권총을 허리에 찬 지휘관급 군인 3명이 들이닥쳤다. 선관위 직원 ㄱ씨가 팀장에게 이 사실을 보고하려고 하자, 계엄군 중 1명은 "전화하지 마라"며 ㄱ씨의 휴대폰을 빼

앗았다. ㄱ씨는 불안해하며 '상황을 설명해달라'고 요구했으나, 계엄군은 "불필요한 질문은 하지 않습니다"라고 답할 뿐이었다. 한 대령급 군인은 다른 계엄군들에게 "허튼짓 못 하게 뒤에서 감시하라"고 명령했다.

ㄱ씨는 그날 상황에 대해 "계엄이라고 말만 하고 휴대전화를 빼앗은 채 외부와 연락도 못 하게 했었기 때문에 전쟁이 난 줄 알았고 매우 무서웠다"고 검찰 비상계엄 특별수사본부(본부장 박세현 고검장)에 진술했다.

윤석열 대통령은 '비상계엄은 아무 일도 벌어지지 않았다'는 자신의 주장에 힘을 싣고자 탄핵심판 과정에서 "폭력을 행사한 건 군이 아니라 시민이었다"는 궤변을 내놓기도 했다. 그러나 비상계엄 선포 직후 출동한 계엄군은 시민들의 기본권을 제한하며 겁박했고, 그 과정에서 물리적인 부상도 발생했다.

ㄱ씨와 통합관제실에서 계엄군을 만난 또 다른 직원 ㄴ씨도 "당시 계엄군이 모두 허리에 총을 차고 들어와 휴대전화를 빼앗고 강압적으로 서버실 문을 열라고 해서 너무 무서웠다"며 "요구하는 것을 들어줄 수밖에 없다고 생각했다. 그날 당일에는 잠을 자지 못할 정도로 괴로웠고 그 이후에도 극심한 스트레스를 받았다"고 진술했다.

국회의 피해는 더 컸다. 국회를 봉쇄, 점거하라는 명령을 받고 출동한 계엄군에 의해 국회는 본관 내·외부 자동문,

✴ ✴ ✴ ✴ ✴

본관 2층 후면 창고 출입문, 본관 233호 창문, 의원회관
담장 등 4개 시설 20개 설비가 파손됐고 100여개 집기류도
망가졌다. 국회는 총 6500만원의 물적 피해가 발생했다고
밝혔다.

경호·방호 직원 10명은 구체적인 피해를 검찰에 진술했
다. 방호 직원 ㄷ씨는 국회 233호 문 앞에서 진입한 계엄
군을 막다가 소총 줄에 손가락이 감겨 살점이 찢겨 나갔다.
또 다른 국회 방호 직원 ㄹ씨도 계엄군과 45분간 비무장
상태로 대치하다가 손목에 타박상과 찰과상을 입었고, 허
리 통증에 시달리고 있다고 진술했다. 경호 소속 ㅁ씨는 경
찰의 국회 통제로 외곽에서 담을 넘어 국회로 들어가다 찰
과상을 입기도 했다.

2025년 1월15일 오전 윤석열 대통령이 취재진을 피해 정부과천청사 고위공직자범죄
수사처 뒷문으로 들어가고 있다. / 이종근 선임기자

✳✳✳✳✳

내가 쓰는 필사적 민주주의

초판 1쇄 2025년 4월15일

펴낸곳	한겨레신문사
기획·편집	최수연, 황예랑, 윤지혜, 이정아, 박다해
디자인	이정윤, 장은영
주소	서울특별시 마포구 효창목길6 한겨레신문사
전화	1566-9595
홈페이지	www.hani.co.kr
이메일	product@hani.co.kr

ISBN 979-11-5533-070-8 (03800)